掌故叢書

宁波翁氏杂忆

翁雅南 著

浙江古籍出版社

图书在版编目(CIP)数据

宁波翁氏杂忆/ 翁雅南著. —杭州:浙江古籍出版社,2022.7
(掌故丛书)
ISBN 978-7-5540-2301-3

Ⅰ.①宁… Ⅱ.①翁… Ⅲ.①中国文学—现代文学—作品综合集 Ⅳ.①I216.2

中国版本图书馆 CIP 数据核字(2022)第 102543 号

掌故丛书

宁波翁氏杂忆

翁雅南 著

出版发行 浙江古籍出版社
(杭州市体育场路 347 号 邮编:310006)
网 址 https://zjgj.zjcbcm.com
责任编辑 周 密
封面设计 常 菁
责任校对 安梦玥
责任印务 楼浩凯
照 排 浙江时代出版服务有限公司
印 刷 浙江海虹彩色印务有限公司
开 本 787mm×1092mm 1/32
印 张 6
字 数 115 千
版 次 2022 年 7 月第 1 版
印 次 2022 年 7 月第 1 次印刷
书 号 ISBN 978-7-5540-2301-3
定 价 30.00 元

序

这是一张民国时期的结婚照，拍摄于 1926 年 1 月 2 号，地点在上海大马路（如今的南京西路）上的中华照相馆。照片里的新娘子身着华丽的淡色礼服，上面镶着光闪闪的珠子和亮片，头上的婚帽配着下垂的白纱，手捧一大束鲜花，清秀的面孔上带着几分童真；站在一旁的新郎官身着黑色燕尾服，佩戴领结，上衣口袋插着一朵淡色康乃馨胸花，挺拔俊朗，神情严肃，两道浓眉下的双目炯炯有神地注视着前方。这是一对奉父母之命结为夫妻的新人，新郎官年方十九，正在读大学二年级，新娘子则未足十八，中学尚未读完。新郎名叫张悦联（字仲文），我爷爷的二弟，我称呼为二公公；新娘名叫翁雅南，我叫二婆婆，本书的作者。

翁雅南（1908—1977），又名翁慧娟、翁亚男，笔名佳羽，出生于宁波的一个名门世家。父亲翁文灏为著名科学家，被誉为中国地质事业的奠基人。翁先生拥有多个“中国第一”的头衔：中国第一位留洋的地质学博士，中国第一本地质图的编写人，中国第一个现代地震台的组建者，中国第一座油田——玉门油田的开发者。他所推动的周口店考古发现了北京猿人头

结婚照

翁雅南摄于 1928 年(此照片曾刊登在《良友》杂志第 30 期“名媛”栏目中)

翁文灏

张寿镛

骨，举世瞩目。翁文灏不仅在学术上成就斐然，同时具有杰出的管理才干，深受蒋介石的赏识器重，多次被延揽“入阁”，抗战时担任国民政府资源委员会主任，后任经济部部长，负责战时国家的工业生产和经济建设。1948年他出任国民政府行宪后的首任行政院院长，官拜“宰相”，成为民国期间学者从政中官职最高者。翁文灏有五个子女，翁雅南为长女，少年时随家人自宁波老家迁居北京，一九二六年十七岁时成婚，嫁给了张氏家族的二公子张悦联。

翁雅南与张悦联的婚事是两人尚在童年之时由曾祖父张寿镛和翁老太爷双方定下的。张翁两家本是同乡，均为宁波的名门望族，这是一桩门当户对的联姻。张氏家族世代书香，太公张寿镛为民国时代知名的教育家、财政专家及藏书家。他是清代举人，北洋时期曾在财政部任职，先后出任过湖北和浙江等省财政厅厅长。1925 年 5 月他出任上海地方官——沪海道尹，上任第三天便发生了震惊中外的“五卅惨案”，引起上海各界自发的大规模游行抗议。教会学校圣约翰大学的 500 多名中国学生因在校内升起国旗集会致哀而受到外籍校长的蛮横阻挠，愤而退学，另有同情学生的十几名教员也同时辞职离校。这批师生找到太公张寿镛，请求协助成立新校。太公当即表示支持，带头捐款，又联系上海商界大佬共同发起募捐。新校成立，取名光华大学，太公担任校长。1927 年北伐军打进上海，蒋介石欣赏张寿镛的理财能力，任命他担任江苏财政厅厅长，南京国民政府成立后，又委任为财政部政务次长。在财政部为官五年，官场的腐败与凶险令太公心灰意冷，一九三一年乘蒋介石下野之机，张寿镛辞去了官职，从此远离官场，全心投入于做学问和办教育的事业。

张翁两家结亲是一桩民国时期两个名门的联姻。张悦联是张家第一个成婚的儿子，翁雅南是翁家第一个出嫁的女儿，这桩婚姻对于两个家族都是一桩盛事。《四十年前的婚姻》是翁雅南对自己出嫁成婚经过的一篇回忆。她详细描述了在民国初期社会形态转变，新风尚与旧习俗相互冲击的历史背景下，这桩包办婚姻的缘起经过，新娘新郎和家中三代人围绕这桩婚姻而产生的互动，以及那场中西合璧、新旧兼容的婚礼场面。尽管双方的老太爷都是接受新思想的开明人士，但婚姻的礼仪和排场上却极尽所能依循传统习俗。而两位正在读书

翁雅南丈夫张悦联摄于 20 世纪 20 年代

的新郎与新娘，在接受新思想的教育之时，去完成一项旧式家长包办的婚姻，内心都有一分挣扎与无奈，尽管他们最终按照父母的意愿完成了自己的终身大事。

张家老太爷有两位夫人，共育有六个儿子十个女儿，是名副其实的大家族。翁雅南过门后随夫婿住进张公馆，成为张家娶进门的第一个儿媳妇。按照传统，女儿出嫁后住到夫家，但儿子结婚后却仍住在父家。她的丈夫结婚时尚在光华大学就读，两年后毕业，又赴美国宾夕法尼亚大学沃顿商学院深造一年。回国后他加入中央银行，从一名普通科员做起。他头脑精明，办事严谨，继承了父亲长于理财的天赋，屡获晋升，至抗战时已升任中央银行上海分行副经理。

1931 年张公馆迁入新建成的上海觉园。关于这座公馆，我父亲有这样一段文字回忆：

> 觉园即原爱文义路（现北京西路）1400 弄，居户甚多，其西靠赫德路（现常德路），有南园佛寺。我家居 7、9、11 号。位于佛寺之东，间有湖亭山树，幽静典雅，尘世繁华嚣俗，不再与闻。大小砖房三所，以红墙作围，主楼三层，藏书十余万卷，既有祖父书斋，又有祖母经堂，儒佛之风，相辅相成。两栋二层辅楼，容长子次子小家庭居住。阖家老幼，既团聚一院，又有分有合，体现了祖父孝弟治家的思想……

张氏家族全家福，摄于1931年上海觉园。老太爷、老太太端坐正中，其余为十六个子女，三房儿媳和四房女婿。第二排右起第四为翁雅南，第三排右起第三为夫婿张悦联。

觉园主楼,摄于 20 世纪 90 年代

觉园的两栋辅楼，由我的爷爷奶奶，及二公公悦联和二婆婆翁雅南的两个小家庭各住一栋。照片摄于20世纪90年代。

觉园张公馆锦衣玉食优雅安逸的生活只维持了几年。1937年抗日战争全面爆发，不久日军进攻上海，光华大学新建不久的校舍被日军的炮火炸毁，只剩一片断壁残垣。眼见自己耗尽心血创办的学校在侵略军的炮火中化为灰烬，老太爷寿镛公在悲愤之中只能另辟校舍，将学校分散改名，在日伪统治下继续生存。随着战事的蔓延，张家的第二代相继离家远去，分散于各地。到了1944年，二公公悦联也被迫撤退到重庆，是张家六个儿子中最后离开的。他所任职的上海中央银行数次遭到汪伪特务的炸弹袭击，多名职员被暗杀或绑架，迫使重庆政府下令央行管理人员全部撤离。目睹子女们一一离去，老太爷、老太太立志留守孤岛，不肯迁移，他们要守住家族的大本营，等待“天亮”。

翁雅南留在了上海，在风雨飘摇的危难时刻接过了张府“管家”的大任。此时的张府已今非昔比，规模不断缩小，往日门庭兴旺鼎盛繁华的风光一去不返。老太爷寿镛公拒绝了汪伪政府请他出山的利诱，闭门谢客专心治学，又与几位藏书家合力收集流落各地的古籍，免其落入日本人之手，为此耗费了大部分的家产。小说《徐公馆》中描写的那个家道中落，有老少主人九个、男女佣人十一名的公馆原型即是觉园张公馆，主人公“二少奶”正是翁雅南自己。二少奶在家族危难之时接手管家，面对物资奇缺、民不聊生的世道，家中财源枯竭、入不敷出的窘境，她尽忠职守，想方设法维持守护着这个家族最后的大本营和它的体面，使它能度过最黑暗的时期，直至“天亮”。

1947 年二婆婆翁雅南和二公公悦联全家及我的父亲(后排左)合影于美国华盛顿

这部纪实小说通过在国难时期上海一个名门世家生活中的各个层面，为当时敌战区的社会与民生形态勾画了一幅丰富真实的历史侧影。

老太爷寿镛公于1945年7月日本战败投降的两个月前病逝，没能等到他盼望的“天亮”。二公公悦联从重庆回到上海奔丧，此时他已升任中央银行业务局副局长，一家平安团聚，二婆婆也就此卸下了管家的重任。1946年，张悦联获国民政府委任为国际货币基金会副理事，不久携全家赴美国就任。我父亲那年跟随他叔叔一家赴美国留学，入境时翁雅南将父亲的身份填写为儿子，大概因为了父亲的生日与她的小女儿只相差两个月。好在美国入境处的官员见来者持外交护照，给予礼遇，未加仔细检查即放行了。

在美国定居后，翁雅南开始写作，将自己几十年的生活经历与读书心得陆续写成杂记和小说，部分作品曾发表在美国的华文报刊。二公公曾回忆说，“凡是熟悉雅南的人，都知道她性情静默柔和，喜欢看书。偶然兴之所至，随意下笔成文。”二婆婆的文笔淡雅清通，言辞简约而生动，读起来令人感受到那种民国特有的“范儿”。我奶奶回忆起二婆婆时曾感叹道：她天性聪慧，自幼受书香世家熏陶，一生酷爱读书，是个才女。若不是年纪轻轻去完成这桩包办的婚姻，翁老太爷一定会送她上大学深造，成为一名杰出的学者或作家。

《红楼梦》是翁雅南一生最爱读的小说，她先后收集了各种版本，反复研读比较。她虽不是红学专家，但从一个亲身体验过官宦世家钟鸣鼎食生活的女性视角去观察体会《红楼梦》中的人与物,得出了不少有趣且独到的心得与见解。记得 20 世纪 70 年代初她与二公公回国探亲前不久,我在琉璃厂的中国书店看到一套乾隆抄本《红楼梦》120 回手稿,回家告诉了奶奶,她立刻要我去买回来作为送给二婆婆的礼物。我说这套线装书太贵了,要 120 元。奶奶说不论多少钱都要买,这是你二婆婆最喜欢的书。听说二婆婆收到这套书后十分欣喜,爱不释手。《读〈红楼梦〉杂记》是她多年研读《红》书心得的总结。1961 年她将这篇杂记送给当时居住在美国的胡适,请其指教。胡适读后,写了封长信给二婆婆,这封信收录在胡适文集中。在信中,胡适赞扬她"你从一个女人的观点来看《红楼梦》,看出了许多东西,往往有我们男人不注意的",又感叹道"古话说,'三世仕官,才懂得穿衣吃饭'。你的观察是很有理的"。意思是像二婆婆这样生长于官宦世家的名媛,方能体悟出《红楼梦》里"穿衣吃饭"中的种种细微奥妙之处。

1977 年翁雅南因突发脑溢血去世,享年 69 岁。她故去后,二公公悦联将她生前的部分作品汇集整理,取名《佳羽集》,印制成册分送亲友,以纪念亡妻。他们二人虽是由包办的婚姻而结成夫妻,但婚后恩爱,敬重情深,相濡以沫,携手于乱世中走过半个世纪。"佳羽"的笔名也是二公公悦联取的,"佳"取"雅"字右半边,"羽"则取"翁"的下半部。

我从未见过我的这位二婆婆,关于她的生平事迹都是从我的奶奶、父亲及家族的长辈的叙述中间接得知。十年前,二

翁雅南与张悦联 20 世纪 60 年代摄于美国

1973 年翁雅南与张悦联回国探亲时与儿子儿媳及四个孙子合影与北京

婆婆的长女，我的堂姑玫，将几件她母亲遗留的文物赠送与我。其中有一册胡适赠送，她生前读过的线装本《红楼梦》，书中有她的圈阅和批注，以及她根据自己的亲身经历所撰写的小说《徐公馆》手稿。手稿写在旧式的竖行大开本信纸上，一行行工整清秀的繁体字，读起来赏心悦目，让人生出一分触摸历史的感受。此次出版的这本书收集了翁雅南的三部作品《四十年前的婚姻》《徐公馆》和《读红楼梦杂记》，并附上胡适写给她的信件手稿。整理此书的过程中，得到家族前辈与同辈的鼓励协助，堂兄立群、立宪（翁雅南的长孙和次孙）提供珍贵旧照，中国人民大学杨念群教授提供建议，谭徐锋先生协助策划，浙江古籍出版社负责出版，诸多善缘聚集，令这本文集得以问世，对此一并致谢。

张健飞
2020 年 9 月于北京

目　录

一、纪　实

四十年前的婚姻

一九一四年，我们在家乡浙江鄞县（今宁波鄞州区）。由祖父之命，媒妁之言，我与张仲文订了婚。那时我七岁，仲文是八岁。

我是长房，长孙第四代头一个孙女。虽在半世纪之前重男轻女的时代，却并没因为我是个女孩子而不重视。一生下来，先由曾祖母取名，再由祖父取学名；马上在多子女的家庭找一位干娘，又在菩萨面前，求签，求名。等我弥月抱出房时，小小婴儿已经有了四个名字。祖母说："人家外国人，小囡囡都叫佩佩，以后叫阿佩当作小名好啦。"

我虽是第一个孙女，却是第三胎。上面两个，一个小产，一个不足月生下就死了。所以当我满月，祖父要祖母抱过来养，大约是嫌母亲手气不好，不放心她养似的。

我的学名是亚男，意思是不亚于男。小时候祖母就把我

闺中待嫁的翁雅南

当作男孩子教养。十岁以前，不留发辫，不穿耳环，不穿布袜套。从小是男装打扮。那时候的男孩子打扮，是长袍上加件一字襟的背心，套五粒红珊瑚的纽扣。头戴乌绒西瓜皮帽，顶上有个大红绒球的帽绾子，张家是从湖北返家乡来吃亲戚的喜酒，住在我们隔壁。大人打牌打扑克，小孩子们依在桌旁吃糖果，从屋里玩到庭院，进进出出，我与仲文竟一式一样的打扮。就因为一样的打扮，又是差不多的岁数，就有好事的亲戚向祖父提亲了。

那时父亲在法国读书。祖父说："隔了一代的事要写信去问——"。但五十多年前，外国一封信来回要二三个月，张家因为要离家乡返湖北任上去，急着催媒人要祖父做主答应。等三个月之后，父亲的回信到了，"——时代不同，今非昔比；儿女婚事不宜过早决定……"但是张家早已离开家乡，我的婚事也已经说定了。

第二年父亲学成返国，就职定居在北京，年底接眷北上。我们三代就离开了家乡。

接着听到张家调任北京来。他们住在景山附近的西安门，我们住西城六部口，从来也没有礼貌上的来往走动，好像两家根本就没有定过亲这回事一样。

我十多岁了，关于终身大事、未婚夫这些事情，时常在心里转着。又常听到母亲对这份亲事不大满意的口气说："听某人某人讲，张家两位太太一共生了十六个呢。小的刚刚生下来，日后再加上妯娌们，这么一大家人去做媳妇，可不好过。

都是你爷爷糊里糊涂地答应了……”

祖母比母亲更关心我的婚事。她在二家都有些关系的亲戚朋友，同乡之中，打听搜集张家的人事行动。她所听到的报告，是仲文在上海住校读书，没有随家北上。他有四个姐姐，三个已出嫁，大姐尚未结婚，在家帮母亲理家，十分能干。

有一天，有一位与张家熟识的同乡到我家来同祖父聊天喝酒，祖母也在座。她叫我回避了，千万不能出去。我很烦躁，也有些不服气。心想，这是我切身有关之事，听总可以听吧！

我在纸屏风分隔的书房里靠壁站着。听到那人说：“张家太太是又精明，又能干，样样东西亲自买，自己经手。小连（仲文小名）很活络，大家都叫他小滑头……”接着，一声哈哈大笑。

点点滴滴，零零碎碎，听到了更增加我的心事。

那时我在学校里，多少也接触些新思想新潮流，听到男女快要同学了，婚姻可以自由选择自己所爱的人，也可以反对父母之命，媒妁之言的旧婚姻，来个“不承认”。

我还没有想到或需要自由恋爱的年龄，所以听听同学们在谈着，某人退了自小定的亲，已经考上北大，将来可以自己挑选对象了。某人的未婚夫，留学回来马上要退婚了。……我听着这些话，想到自己的婚事，不能无动于衷。所以老是一声不响。

有一次同学问我：“从来没听见你发表意见。你有没有订过婚?”我红着脸说:“老早就定了。”“你们有没有看见过?”我说:“当然看见过,从小一起玩的。”又问我:“你对未婚夫满意不满意?”我含含糊糊回答“不晓得”。事实上我是真不晓得。

有一次同家人逛北海,从后门出来,祖母说:“好像张家就住在这里附近的一所洋房里,不要骑牛碰见亲家公,刚刚碰头倒为难了。”我听到心里很不以为然。碰见就碰见,不要我顶多退婚,有什么大不了的。既然他们给我定的这家人家,但又不放心,三天两头要提一下:“这样多子女人家做媳妇,可不容易呀!你样样要学,好好做人,终有熬出头的日子。不要被人批评一句是祖母养大没有家教呀——”有时祖母同母亲争得面红耳赤,就为了我这件婚事。但她们自说自话,就会空言争论,没有一个人提议让我们再见一次面,或者向张家联络联络,先由长辈们作友谊的拜访。只是一年年发愁不安,但又随其自然,等命运来支配我。

一九二二年祖母带我回家乡探望曾祖母,在北返回家的沪宁火车中,忽然遇见了那个两家都熟识的,曾多次来同祖父喝酒的那个人。当祖母向他打了招呼后,他笑嘻嘻地说:“真正巧,都坐在一节车上。小连放年假,张太太要我陪他回家过年,他现在卧车里,我告诉他去。”我在祖母旁边看到这个人,已经不安了。听了他的话,使我又喜又惊,又羞又怕,心直跳。拿着的一本正在阅读的《今古奇观》,手发了抖。这意想不到的巧遇与僵局,当时似乎使我失了知觉。事后我记不清楚我们是怎样情形在火车里见面的,反正彼此是见到了。

后来当我的好朋友兰问我:“你们这次在火车里见面,你快告诉我,你那个人生得怎么样?”

我说:“不是我骗你,我实在不敢当面细看,我没有看清楚。”兰不相信,她生气似的说:“我的那个人,我都仔细告诉了,你不告诉我,不依你。”我想了想说:“我真是没有看清。好像有两条浓黑眉毛,眼睛是圆的,鼻子上有些雀斑。别的真说不出了。”兰说:“每个男人都有两条浓眉,你等于没有看见。这样好的机会,你自己错过,真可惜。我比你胆子大。去年当我订婚后,他到我们家来吃饭。我把他从头看到底。他倒不安了。”我笑说:“你们不同,本来是亲戚,是表哥呀!”

后来听说张家又南下到杭州上任去了。中间有两次从亲戚转达传言,要我到上海去读书。因为仲文有个五妹在上海圣玛丽亚住读,要我去彼此有伴,目的是有机会可以同仲文接近,祖父问父亲的意见。大家考虑又议论了三四天,觉得叫我一人离家到上海去,似乎不好,况且在北京并不是没有上学,就婉辞了张家的要求。我对于这件事,虽然没有资格,也没有勇气进一步探问,究竟是张家长辈的意思?还是仲文自己要求我到上海去读书呢?想着想着:觉得其中必有原故,事情可能不简单。人家叫他小滑头,一定有原因的。怎么好?我失眠了!一九二四年暑假,仲文的二姐打电话来通知:“小连到了,要来拜望,想同佩佩会会面,先约一个日子。”仲文的二姐夫朱君,是两年前就搬到北京的。祖母在亲戚家里也曾遇见二姐两次,但从来也没有谈到我们这件婚事。这个电话是一个惊人的消息。当我们家听到之后，全家紧张，又惊奇，纷纷猜测，也忙乱起来。母亲说："这是什么意思？又不是没有见过。这件事真烦。"祖母说："烦也用不着烦，既然来看阿佩，大大方方，就给他看好了。"

大家商量预定的节目：先请来家吃点心；第二天在中央公园来今雨轩吃晚饭相见；第三天请二姐夫妇全体聚会。

这一夜，我当然不能平静，又失眠了。我是这些节目中的主角，可是没有人问我一句，听听我的意见怎样呢？我听着当然不敢出声。但我有种感觉，仲文这一次一人北上来看我，决不会没有原因的。于是想到家人预定的三天三个节目有些不通。为什么第一天不让我出去，非要我第二晚到公园吃饭再介绍？不通！不对！我觉得自己委屈了。因为我想我们本是早已订了婚的未婚夫妇，而且那年在火车上又见过面，既然他老远来了要看我，他一定有个目的或要求。他如不满意，他回家一定会向他的父母提出要解除婚约的。那还不如明天他来，我就出去给他看。他不满意，当然会向他二姐表示，以后的节目用不着再演下去，痛痛快快一刀二断。不知怎么我想着想着，自尊心受了伤，气愤起来，感到做女人真是吃亏倒霉。我还老想着日后到张家怎样忍耐、忍耐，去做个好媳妇。现在准备好再给人家去看一次，人家不满意可以退婚不要，把我当件东西一样，活该。退婚就退婚，趁早决定了也好，省得时常提心吊胆，为这件事情不安烦愁。这是最不好的预测。既然想到大不了是退婚，心里少了种种顾虑，人倒变得坦然了。

第二天上午，人人紧张。祖母同母亲忙着六盘糖果，三道点心。哪道点心先上，二人又有不同的意见。预定不坐北屋外客厅，坐南屋上房以表示亲近，不当作外客招待。南屋是祖父的起居室，他一向是爱清洁的。平常弟妹们都不敢进去，怕弄脏了。这天佣人擦完了地板同桌椅后，他又亲自从墙上的花格子，擦到椅子缝里。甚至有人进屋一次，他也要拿干布擦一次脚印子。

祖母走进我卧房向我关照："今天你坐在自己房里，不必出来，衣服也不用换。明天来今雨轩介绍你们见面。"我一声不响，心里可不服这样安排。我真不懂为什么今天不许我出去！

无意中听到两个女佣在小院子里议论："这真是改良的年头儿。我们大小姐还没有过门，怎么这姑爷就可以来看？看了之后又怎么样呢？老爷太太真会答应。你看这份忙劲儿，老爷衙门(办公处)也没上，就等着。老太爷六点就起来了，东擦西擦的。老太太还忙着大小姐明天该穿什么出去呢？"啊呀！女佣也觉得我是不应当给人家看的，我该怎么办呢？我在自己房里坐立不安地转着。

约三点钟左右，听差老吴手拿大红帖子从外院快步进来："张家二少爷来了，张家二少爷来了！"这个称呼是早上祖母关照老吴这样叫的，因为还没有成亲就叫仲文为姑爷，似乎不合式。

我在房里听到了老吴大声地叫了进来，不由自主地立向窗口往屏风那面望着。当老吴在上房放下帖子再出去，就引进来一个西装少年。我隔着玻璃窗仍旧没有勇气看他的脸。我是从下往上观看。只看见一双黑白皮鞋，白色裤子，常青上装，很快地进上房，我就看不见了。当时我很惊奇。因为北方青年们是穿长袍的多，很少看到在夏天竟穿呢的西服。更特别是白呢裤子。我想这大概是上海外国学校的洋派了。

听到上房打帘子让位，我紧张得两手发抖，额上出汗。我往床上倒下，闭着眼定定神。我想，与其明天由家来在公园介绍，为什么现在房里躲着不进去给他看，反正他这次来的目的是看我，逃也逃不了，不要就不要，没有什么大不了的！

我起床镇定一会，冷水擦了一把脸，摸摸我的发辫，抬头看到院子里老吴正端着点心盘子进上房去。我想这大概已是第二道点心了。不知怎么下了次心，我自己也不明白是从哪里来的勇气，我推开通上房的门就走进去。这真是莫名其妙的一股劲儿，很快地冲进去。不但家人们意想不到，恐怕连仲文也很惊奇我是这样出现在他眼前的。

祖母马上引我向仲文介绍，好像我们以前从来也没有见过一样。我只点了点头，就退向靠窗的椅子坐下。这时，一阵风似地冲出来给人看的勇气已退，心慌意乱，局促不安。我不敢看别人，低头看我自己穿的白帆布圆口鞋，浅湖色麻纱衣裤。我摸着辫梢，捏着衣角，两手没处安放，自己又懊悔不应该出来的。

局面很窘，也很僵，都因为我突然冲进去的缘故。先是母亲推托去催点心，接着祖父和父亲咳嗽一声，前后离开。祖母敷衍二句也溜走了。最后只剩了我和仲文二人。他这时已镇定了，很慢很慢地向我说："我们有几年没有看见了。"这是我第一次听到他的声音，低沉又沙哑，很特别。

我低了头在喉咙里应了声，连我自己也听不见的声音。他又说："今天天气很好。"我抬起头来，这次可面对面回答了："没有下雨。"

静默了一会，他问："在什么学校读书！"我回答："在女附中。"他接下去问："为什么不到上海读书去？"我愣了一下。第一次目光正对着他说："我在这里读也是一样。"他双目射过来非常有力。我吓得目光又避开了。这次可被我看清楚了。二条浓眉下，有双溜圆的眼睛，鼻子很高，微笑时露出二只虎牙。我不敢再正视了。这几句对话大约有一刻钟之久。家人们一个个随着第三道点心又进了屋。

仲文走后，家人当着我面没有说什么。祖母也没有埋怨我，怪我。今天没有换衣服就冲出去这件事，我自己觉得很轻松。因为临时决定做了一件并没有错的伟大事情。同时心里明白：大概不至于退婚了吧！还有使我安心的一件事，我有一只虎牙，而他比我还多一个。

以后两天照预定的节目之外，又多了一次在真光看电影。每次都是全家出发，坐了两辆马车全体而去，全体而回。

出门时祖母一定要我梳那时时行的横爱司头，穿着大圆角短衣，黑绸长裙，尖口绣花鞋。母亲不赞成我这种打扮。她说:“应该实实惠惠梳辫子,短裙子,学生装才对。这种大圆角短衣,横爱司头,是少奶打扮。你阿嬢(即祖母)一定又是从李家看来的,把你也打扮得不伦不类。”

祖母又要我在爱司头旁低戴一朵大绢花,为了配那件淡蓝细格米通纱短衫,她一早亲自到东安市场买了朵里深外浅的洋红大花。我因为这朵花太鲜艳,戴了有些像新娘子,所以不肯戴。因此引起祖母生了气。她说:“这是现在上海顶时髦的打扮。中央公园内戴大红花的人也有,又不是你一个人。现在大家的小姐同少奶奶全是一样的打扮,不必大惊小怪。大概又是听到你阿娘的什么话了吧!”我连忙说:“没有,不是。我怕人家把我当新娘子呢!”祖母笑了。她说:“我看你在一二年中,恐怕就要做新娘子。”我没有说话,默默地把花戴上。

在仲文离京回家时,经全家二代商量之下,送他一副赤金袖纽子,四大盒玻璃的土产干果。他来辞行时,送我二件礼物,是深红色手提皮包一只,金色粉盒子一个,还有他自己十二寸半身大照一张。那一天,祖母同母亲合口同声的称赞这只皮包真好,一定是王府大街一五一公司买的,别家没有看见有这种外国货真皮的女人拿的手提皮包。因为那个时期,女人出门拿提包的还极少,不多见;皮的更没有了。

祖母把皮包同粉盒子交给我,把仲文的照片放在她的床边梳妆台上。我不明白她是什么意思。我想问,就是不敢开口。

此后,我们算通信了。这是那天在公园里说好的。仲文是乘船南下，第一封信是他船靠烟台时所发，写给祖父和父母亲的谢信。第二封发自上海。那时张家已由杭州搬到上海了。信封上写的是我名字。老吴送到上房来。

祖母一看是我的名字，就拆开，要祖父读给她听。他们又讲又笑，都称赞："仲文懂礼，半路上的信先给长辈，然后再同未婚妻通信。究竟是书香之家出来，在外国学堂一点也没学坏。"

因为仲文给我的信是文言，所以祖父对我说："人家比你才大一岁，文言信写得这样通顺了。你回信也一定要写文言，打好稿子拿给我看，才可寄出。"这件事，我始终也没有依从他们。我写不出的时候，情愿从尺牍上抄些现成的句子装在信里。我谁也不给看，自己拿去街上投邮了。好在我们信不多，二三个月一封，吾兄吾妹——空言客套一番，毫无内容的敷衍式信。

有一天晚上，祖父带着酒意，很高兴地到我房间里来，在书桌旁坐下。这在常日是很少有的情形。他叫我坐下。他充满了感情，也认真地对我说："仲文生得不错，将来会有出息的。你不要听了阿姨的话，担心日后到张家去做媳妇日子不好过。我的眼光还不坏。你阿娘同你爹爹，你姑母同你姑丈的亲事，全是我做主的。不是很好吗？你不要看了些书报，在学堂里听听高调，什么婚姻自由呀，要自己拣性情相同呀，先作朋友通信呀，摩登摩登。我就不相信天下有性情一样的人，男是男，女是女，男人主外，女人管家，怎么可以性情一样？你不要以为爷爷不关心你的亲事。你像我小女儿一样。我也常常在打听张家,因为这份亲事是我做主定的。”我听到这里,情不自禁地感激又伤心,眼泪直流下来。祖父按着我手说:这几夜,我同你阿孃(即祖母)又细细研究过。张家子女多不用担心发愁。姑娘大了迟早要嫁出去的。兄弟长大成了家,有出息的也不会依靠祖产,哪个不想往外飞。倒是独子要求永远同父母住在一起的。你姑丈家是五兄弟,前年也分家,分灶,另外住了。我听说你阿公张××做人十分厚道,也十分开通。……

“我就欢喜书香门第,又是做官人家。张家调来调去,忽南忽北,世面看得多,人自然会开通了。不像你姑母嫁的是生意人家,永远守着家当打着算盘过日子,没有离开过家乡一步。恐怕北平换了几个大总统他们也不晓得呢!我想想这一点,我有些对不起你姑母。不过十多年前,我还没有到京城,我的想法当然同现在不一样。”

说到这里,祖母也进来说:“你爷爷讲的一点不错。他的脑筋才新呢!二十年前就让你爹爹到外国去留学,要你姑母学弹风琴,读爱、皮、西、地,还要我放脚。这在宁波,都是被人议论当作特别新鲜的事情。你不要以为上了几年学,听听同学的高调,就以为从小定的亲是一件说不出,不对,老法的事情。老法定亲又有什么不好?我为了你,这几年担足心事。有机会就打听张家的各方面。如果是自由恋爱,才打听不到这许多事呢!我就不相信新法结亲,老是男女二人在公园散

翁氏家族三代人。前排为翁文灏(中)及父母,后排为翁文灏的五个子女,中间为长女翁雅南

步，喝杯茶，暗洞洞看场电影，二人就情投意合，越过长辈论嫁娶了。就算性情一样讲得拢，也不见得讲的全是真心的话，婚后变心的很多呢。”

我听到这里，实在忍不住，因为已经听过多遍了，立起身来对祖母说：“我从来没有讲过不好，不对，我也没有男朋友同去逛公园，写过信，我连想也没有想过。你为什么老要对我讲这种事？”说着，我大哭起来。祖母脸色变了一下，责怪我说：“你今天是怎么咧！你为什么对我可以这样大声讲话。你要晓得，我样样为你好，要你为我争口气，才会想到就关照你。老实讲，对你姑母我也没有这样操过心呢！你从小是我教养，几回大病都是我当心调理好。除了没有生你，你想想哪一样不是我亲手养大你的。你要是不争气，还要顶撞我，日后嫁到张家被人批评，被人骂，我才伤心呢！”她说到这里，掏出怀中的手帕不断地擦眼泪，我低头一声不响。

祖父推着祖母说：“好啦！好啦！女人就欢喜多讲多话。我同阿佩讲得好好的，叫她放心。你一来，反而讲坏了。何苦老要对她讲争气不争气的话。这同张家这件亲事又有什么关系？”

祖母十分激动地说：“你做爷爷的，倒会讲现成话。这件亲事不是你做主亲口答应的吗？万一日后嫁过去不好，家里就有人讲现成话。路是走出来的，人是自己做出来的。阿佩虽然是我们的孙女，我是当小女儿一样养的。我怎能够不时时刻刻想到就关照她，教训她呢？”

祖父哈哈一笑说:“姻缘前生注定,你也用不着太操心。张家在湖北作官,怎么会千里迢迢到家乡来吃喜酒呢?亲事是我答应的,但不是我硬塞上去要结这份亲,倒是媒人天天催我,要我答应下来的。如果张家不急急于要走,再等一个月,外国信来了,根本就没有这件亲事。可见什么事都是命中注定。你们女人就欢喜怪来怪去,比来比去,所以我说男女性情不可能会一样,我同你的想法就永远不一样。”祖母听了默然无言,似乎也承认祖父的见解有点道理。

在他们离开我房里时,祖母问我:“上海有没有信来?你写了回信要先给爷爷看看呀!”上海的信,当然就指仲文的信。这一下子我完全明白了,怪不得今晚祖父祖母一前一后到我房里夹七夹八的讲大道理。原来他们暗中在不安和怀疑两件事:一、他们不再看见有仲文的信。二、这半年来我在放学后常与同学到中央公园城南游艺园遛两小时,五六点钟才回家。他们怕我不给仲文回信会引起他的不快,拿这件事作借口,又生枝节。又怕我在公园多遛遛,听多了同学的高调,交起男朋友来。

其实信是有的,一年中我们通了四封短信,我会关照老吴,上海有信来,交到我手里,不要往上房送,所以祖母担心着急了。

当仲文第五封信到时,已在第二个暑假。那时我已放假,整天在家。这封信我从老吴手里拿到时,觉得比以前短信厚些,信的内容如下:

翰英吾妹如晤：连寄两函，谅均达览，未获来书，深以为念。窃自妹与兄通信以来，已及一载，获教极多。而于婚姻一事迄未提及。盖以尔我均在读书时代，固不宜及此以分心也。今者事出于万不得已，兄不得不有数语相告，冒昧直陈，诸维恕我。家姐来府领请吉字，当已详达一切。蒙太老伯父母及老伯父母允诺，合舍欣慰莫名，兄初以在求学之时，不宜议及此事，现年齿未长，又不能自立门户，更不能言婚。不过近年来家母望媳之心极切，加之诸姐妹长者均嫁，幼者均入学，更幼者不能为母助，家中实乏人代母料理。妹素以理家才闻，当极能佐母。是以兄只能稍弃个人之念，略顺家母之心。早婚之不利，尔我莫不知之。但事出于不得已，理论不能遍过于环境耳。总之，兄不才不敏，妹只能视兄为一非二十世纪之人，兄亦自愧为妹偶也。至于婚仪等，务求简单，并望转达太老伯父母及伯父母大人，至盼至幸。兄此学期准入光华，即将来婚后，亦仍望继续读书。此兄之愿也。草草书此，语多得罪，伏请原谅。有暇即请复我，兄极愿闻妹之意见也。此请

学安

阅后请付丙

兄仲文上二十八日

原来在这封信之前半月，仲文的二姐已经来向祖母要我

的生年月日时辰，要去拣结婚日子。事情本来早已晓得，而且决定。这封信不过是仲文向我直接表示他的意思而已。我足足看了三四遍。他的字写得十分大，一张信笺八行，一共写满四张。我不但没有付丙，还交给祖母大家去阅读去议论。

我对于张家这么快就要我结婚，倒不觉惊奇意外，因为兰与我同岁，她比我月份大些。她在三月里，当她过了十七岁的生日就结婚了。在她婚期前几天，我到她家去住过二晚。我们在晚上各人倾诉自己的终身大事。她告诉我，她的表哥的一切。我告诉她，仲文来看我的情形，资料实在太少，讲到后来，她又说到她的他鼻子很大，我也说我的他眉毛很浓。最后她说："你等着吧。恐怕不是今年，就是明年，你也快要结婚了。我结了婚，恐怕要跟他到上海去。我实在怕做媳妇。娘家人全在北京，诉诉苦的人也没有。希望你早结婚，我们在上海又可以谈心。"

我在家里是大姐，从小跟祖父母住上房，同弟妹们的年龄又相差一大截。没有人可谈话，也没有诉说的对象。从小只有跟着祖母到兰家里去。

祖母打上了牌，我同兰二人无所不玩，也无话不谈。因为看她结婚后不是很好吗，我就觉得十七岁结婚并不特别。环境简单，使头脑也简单。一切由长辈去决定，一切由命运去支配，我不怕。

晚上清静了想想，我有二点怀疑不安：一、听说仲文的大哥尚在美国留学，为什么做哥哥的人没有结婚，而家里先要给老二娶亲？

二、仲文信中这句“妹素以理家才闻”从何而来？我什么也不晓得。我自懂事以来，只明白人与人之间是复杂的，烦恼的。我从来没有理过家务，可是加在我身上的痛苦已经很多了。如是要我到一个陌生的人口众多的大家庭，帮着婆婆理家，这太难了，简直是不可能。是真有这个意思，还是仲文随笔胡扯的敷衍客气话？我真想写信问他。但坐在书桌旁伏案半天，撕了许多张信纸，要用文言写，实在挤不出，很难下笔措辞。写写，撕撕，又团团，终究没有写成功。

张家选了十一月十九日的吉日，要我们南下结婚。当时虽然觉得日子似乎局促些，但男家之意，女家没有反对权，更没有说来不及，要求再去选个日子的道理。顺理成章，就这样决定了。

仲文的二姐又来过二次。她代表她父母之意，再三向祖母说：“一切简单，现在时代不比从前，日新月异，佩佩衣服用不着多做，将来随时可以做。不像从前，新娘子三年之内不可再做新衣。”简简单单，这次不但祖母明白怎么可以简单，母亲也晓得简单不了。因为我们晓得张家虽已嫁了四个女儿，这娶媳是第一次。张××正调任上海。上海十里洋场，是大地方。这次喜事决不会简单。那天祖母同母亲要先在口头上预算一篇嫁妆。祖母口里报出来的一大篇，她以为省不得、不能省的东西。母亲听了先不响，后摇头。二人弄得不欢而散。各自回房，一无结果。

祖母因为看到过上半年兰的嫁妆有六十四条被褥，二百四十件衣服，三堂木器，四副银台面……连日后生了小孩子，有了奶妈的衣服，都备齐全。看了人家的想到我结婚的嫁妆，祖母是老早留心注意了。

兰是祖母娘家的亲戚。兰的父亲李××是祖母姐姐的儿子，同父亲是姨表兄弟，算起来这份亲戚是很近的。但当时除了祖母之外，如果没有大事，平日两家是不常走动的。回想起来，大概有两个原因：一、父亲与李伯父的政治见解可能不同。二、母亲不打牌就很少出门了。祖父生性喜静。琴、棋、书、画，全懂点儿，可没有一样精。他会自己找乐，自己安排自己的生活节目。玩的方面他样样玩过，也样样懂。就是不赌。讨厌打牌，也恨打牌。祖父对祖母的打牌并不禁止。但他们似乎有默契：你要打牌，我不禁止。你打你的牌，我有我自己的功课玩乐。不过只好到别人家去打牌，不要在家里打，吵我烦我。

祖母好胜要强，精明能干。手巧，头脑灵活，任何事物，她看了就要学，学了就会。粗活从包肉馅一包汤的汤圆，到捏着各种花边的小巧饺子，同母亲在一块做，就大有分别。母亲做的东西就比下去了。细的是绣花，剪纸、穿纱、平金、刮绒，她全会。还有一样本事，她在公园看见人家梳的一种新式发髻，回家拿我的头发来试验，左挽右挽，刨花水刷了又刷，非要梳成她自己认为满意才停止。所以她样样新式发髻都会梳，希望我也会。她认为自己会的，便是一个女人也是做媳妇的应该会做的基本条件,所以她不嫌其烦地要教我这样、那样。我没有耐性,也不想学,觉得学了也不见得有用,所以没有一样学会。这使她非常非常失望。

李伯父做了十年大官,家乡的亲戚差不多全出来了,李家的亲戚,也就是祖母娘家的人,而且都是她的下辈。这家请,那家请,本来请女客就是请打牌。那些年,祖母真开心。知单(请客帖子)送到上房来,只请祖母一个人,还带一名佩佩小姐。

在牌桌上扯来扯去,祖母听到张家也打牌的,于是她想到我非跟她出去应酬,看看那些场面不可。要我学拣菜、敬酒、喝酒,要我留心发式、鞋样、衣服的长短……回家来,不胜其烦、细细碎碎讲之教之不已。我虽然没有存心要学,但同兰是从小无话不谈的好友,所以我也很高兴祖母带我到李家去。兰结婚的伟大场面排场,是轰动一时的。因李家嫁女,祖母联想到我的婚期也不会太远。我究竟年轻,面子二字还不大懂,祖母可就留心在意了。所以兰的嫁妆大致有些什么,祖母随口能够背出一大篇来。祖母不是有心要使母亲为难,家里的底子情况,经济情形,她何尝不明白。她就是听得多,也看得多。她能干,她希望我有一份好的嫁妆。我结婚的时候,场面也要伟大,她可以出力为我安排一切,有一番作为。

母亲把我叫到她房里对我说:“我说,我写,我们总要先定下一张单子,一步步去买。你阿孃的话不能够都听。我们怎么可以同李家去比,他们正做着大官,听说收到的礼物金银全有，足够陪送二个女儿的嫁了。各门各户，我们用不着看别人的样。你是我第一个女儿，又嫁到那么多人的张家去，我尽我力拿出来好了。我也要面子的。”我没法为祖母辩白几句，因为我已有过经验，越说越糟。我又不是一个有说话技巧的人。

布的、绸的，母亲把她历年所积蓄的，从箱子里都拿出来。家里雇了两个女工，把布的绒布的衬里衫裤粗活，先做起来。

母亲把十年所积的东西都给我，她是为了我的嫁妆而积。因为弟妹们年龄尚小，我的这件大事嫁到“张家去，简单不了”，确实也是母亲时常在心里计算筹划着的。

二姐亲自送过来八件衣料，说是从上海托人带来的。又说礼服与首饰，等我们到上海之后再送过来。那天她要了我的衣服尺寸同鞋样去，定礼服。

那八件衣料，有六件颜色很鲜艳，只有两件素净。祖母说：“这几块料作，北京绸缎铺还没有看过。究竟是上海买得出，外国料作多。人家拿过来的这样时新，陪嫁过去的不可以太老实。第一次娶媳妇，看嫁妆的人一定会很多。”

母亲说：“本来老的东西是不够。现在我们看见了他们拿过来的衣料再去配去买呀！”

经过祖母母亲二个人同意加减之后，又叫我写下一张预算单子。凑数的旧衣不算，里里外外要做新衣七八十件，到上海之后，再做十多件，要凑成一百二十件之数。其中皮的占十件，二件旗袍，二件斗篷，四件短袄，还有二件皮统子，暂时不做。

祖母陪我到瑞蚨祥，要定天青缎绣五彩云纹的礼服，大红软缎绣五彩花裙子。这一身礼服很贵,可是用途不多,只有在结婚礼服脱下,拜祖宗长辈见礼时需要。母亲说:“省省吧,借一套也可以。情愿拿这笔钱再买件皮统子。”祖母说:“那么许多子女的人家,可能每年有嫁女儿讨媳妇的喜事。这套礼服是非有不可。怎么能借呢?”最后还是依了祖母。

母亲陪我到瑞蚨祥隔壁的益和祥,配夹里买布料。她说:“两家东西一式一样。花色是瑞蚨祥稍多些。你阿嬷只晓得瑞蚨祥这一家牌子,进去了不出来,连白竹布也在瑞蚨祥买,实在是吃了亏都不晓得。”

我每天夹在两代之间,听了许多话,都是为了我。我晓得祖母是为我好,更为我的面子,同母亲争这争那的。但我也明白家里情况,母亲已经尽了最大的责任。嫁妆的好坏与批评,她也在乎,而且也要这个面子的。我烦我烦,叫我怎么好呢!

为了衣服的式样,做目前时行的大圆角呢,还是做普通的平行方角,祖母与母亲又各有不同的理由与争辩。母亲说:“大圆角一转眼就行过,又短又小又圆角,日后改做小孩子的衣服还不够,好好料你糟塌了多可惜。”

祖母说:“现在正时行大圆角。做新娘子再不穿时行的式样,难道又寿又背时做长的方角的?至少张家拿过来的八件衣料,一定要做圆角才对。”

母亲说:“这八件衣料,每一块我都量过,足足有五尺。恐怕人家是预备我们做方角的吧。不然,每件剪剩下来一尺多,岂不是可惜?”

祖母说："多就多。男家送来的衣料，当然买得富余点。我每关照裁缝，凡是这次绸缎剪裁下来的另料，不论大小块，都要留起来。我要做五只黄布袋，装这许多裁富（象征五代富有之意），日后放在皮箱里。从前我嫁你阿姑时也有的。"

最后我含泪向母亲要求："这件事我自己做主吧。拿过来的八件，同自己买的淡色，鲜艳的，做短些大圆角的。皮袄同凑数的做方角。"

在如此繁忙的九月底，祖父因痔疮开刀，流血过多，在医院昏晕不醒。当晚除打盐水针外，父亲输血三百 CC 才挽救过来。一星期中，全家一天二回跑医院，把办嫁妆的事暂时停止。

我因为听不到为我而争论的闲言闲语，倒觉清静不少。我除了每天去看望一次祖父外，在家做了二件活儿。一、一条黑软缎的长裙，边沿做了一条宽花边。是用红、黑、金三色小珠钉成圆形。二、还有一套竹绿缎衣裙上钉了黑珠的小花，再盘以金线。这是我自己出主意给自己做的嫁衣。后来这条黑裙可以配许多件衣服，用处最多。

十月半，北京政局又有变化。因为苏鲁之间有战事，京沪通车随时有中断的可能。父亲决定乘京汉车到汉口，再坐长江船到上海。

本来打算全家都去，祖父母顺便可以返家乡看望曾祖母。但祖父这场大病，虽已脱险回家调养，可是还不能起床。所以祖母在饭桌上对父亲说："你们陪阿佩去罢。你阿爸这场病，元气太伤,我不放心,走不开,不去了。”

父亲说:“离动身还有几天。阿爸这回是硬伤,血出得太多,别的毛病没有,不久就可以起床。阿姆你还是去吧!上海方面的许多事,非你调度不可的。”当时母亲一言不发;我当然不敢出声。

饭后,回到自己房里想想,祖母怎么不去呢?上海方面的亲友,母亲全不认识。有多少事情要做,母亲只能够对内,对外非祖母应付不可。我想想又愁愁,推门走向上房。

祖母正在吸香烟沉思。我挨近她说:“阿嬢,你怎么可以不去?你一定要去。”

祖母说:“你看,你爷爷在床上还坐不起来,我怎么走得开交给佣人?你爹爹老早有信去,上海房子已经租好。你姑丈、姑母也会从宁波出来帮忙。”我急了说:“你不去不行,一定要去的。”她也急了说:“养你到这么大,像小女儿一样,你的一生大事,难道我会不想去,亲眼看你上轿?你叫我怎么走得开呢?”我靠近她肩头含泪说:“你不去,外面的事没有人做主。你想想,你非去不可。”祖母眼泪也掉下来,拉着我手说:“我不去,我是不放心。我去了,这里也不放心。时局又不好,万一万一又要逃难呢?你爷爷还在床上,谁做主?这要问你爷爷。他如果答应,我只有把你吕家姑母接来住,服侍你爷爷。”

我知道祖父大概会答应祖母陪我一同去的。我走近他床前,还没有说什么,大概他已经听见了。他失血苍白的脸带着笑容,从枕头下摸出一个红封套来交到我手上说:“这里是四百元钱，是我同你阿孃送你嫁的。你们到上海，随便你欢喜什么就买什么好了。上海的外国东西真多呢！”祖父息息又说：“如果是以前我手里宽余的时候，一定多送你一点。张家是我做主定的亲事。我的眼光不会错，你嫁过去，好好做人，好好做媳妇，人家不会亏待你的。放心好了。阿孃当然会和你同去。我要不是这场病也想看你上轿的。”我说不出一句话。任何言语都是多余。感激和伤心的泪水一串串流下来落在床沿上。

一切决定了。父亲送我们三代三个女人，祖母、母亲和我这个主角，在这时局动荡不安中，先乘京汉车到汉口。他等了我们下了长江轮船之后，才回北京。这时候家里除了祖父之外，全是小孩子和佣人，父亲非回去坐镇不可。主婚人只好请亲戚代替了。

上海方面，我们早托亲戚在北京路租了一所弄堂房子，现成有家具的。因为北京路离大马路近，买东西很方便。

我们十月底到上海，就忙起来了。有一天在百忙中祖母说：“今朝是阿佩生日。以后是张家的人了。今朝要请请她。”那晚吃了一桌。我又想到，祖母样样为我设想，样样为我好；但又常常使我伤心、落泪、难过，这是怎么一回事？

我们又回宁波三天。在我婚前要见一次曾祖母，使她看到她第四代的曾孙女要出嫁了。她当然高兴，亲手给我二十四元龙洋，块块贴着双喜红字。

从宁波出来，可热闹了。姑丈姑母同行之外，随带七八个男女佣人，二个厨司，同喜娘一样，还有一个陪嫁阿刘。这阿刘是祖母三年前回南时就预定好的。她是职业的陪嫁，她有做陪嫁的应有条件。她长得面目端正，身材细高，未言先笑，处处小心。祖母早就想到我太年轻，嫁到张家去举目无亲，房里少不得这样一个对人处事经验丰富的陪嫁。

亲友们荐来帮忙的佣人越来越多。帆布床、地铺，都睡满了。幸而是初冬的天气，不觉得挤。大家分工合作，不分日夜，全体忙碌起来。

姑丈被委任了临时的账房。收礼、开销、写嫁妆簿都由他一手料理。女佣人和喜娘，剥胡桃、桂圆、黑枣，预备分途的喜果。绸缎衣服单的衬纸，折好之后，在四角钉红绒。瓷器要打红绳的网络。粗细四十条被褥，要缝被单，钉被面上的花边。母亲在内，分配着这些工作，同招呼一天三顿饭，一道点心。

祖母带着我，一天两三次上永安、先施两大公司，买桌上的摆饰、座钟、香水、洋式瓷盘，以及北方没有的时行衣料、皮鞋、袜子……又到杨庆和银楼买大果盘，八只高脚银盘，二对大小花瓶，一对漱口杯，一对肥皂盒，一对粉缸。这一下午，可买得太痛快也太多了。在祖母的意念中，老早胸有成竹，认为这些银器是再也少不了的。可是在母亲看来，祖母似乎又在同李家比手面，未免太大了。

话来话去，面红耳赤，争论了一回。后来姑母打圆场说："有了八只银盘，这只大果盘省了也可以。我正想不出送什么东西，肥皂盒和粉缸，算我们送阿佩的嫁好了。"第二天，退还杨庆和这只大果盘。

这样忙乱了半个月，已到了十一月十七发嫁妆的日子，总算凑齐了预定的几杠几抬。上午十一点嫁妆出发，八个男佣人身挂红绸，随行照料。陪嫁阿刘拿着嫁妆簿和大红缎绣花的钥匙包，乘包车跟在后面。红的描金福皮箱，红的朱漆杠箱，红的网络绸彩，像长蛇阵似的由小天井摆到弄堂外的人行道上，向慕尔鸣路张家出发。其实这些东西倘使清理起来，一辆卡车就放得下。可是嫁妆是要摊开来，要以多少杠箱计算。抬到男家摆出来，要让亲友观看。男家估计了约略的价值，要开销合理的喜封，给女家护送嫁妆的佣人们。要不然，女家的亲友们怎么会不要工钱介绍那么多粗细男女佣人哩！宁波跟出来四个喜娘，也是她们自动、自愿，自己出船费要来的。

嫁妆出发后，屋子里显得空荡荡冷落了。祖母叹口气说："生女儿，就是这样没趣。辛辛苦苦教养大，费心又费力的凑办这份嫁妆，可真不容易呀！等一会张家看嫁妆的人一定很热闹。后天花汽车一到，什么都是人家的。还随着人家去批评议论！我明白这些东西不够多，也不精致，又没有一堂木器……"母亲很快接嘴说："我们这么老远，又是火车，又是轮船，来嫁女儿，多少花费？男家备木器，也应该的。"她说完便噔噔下楼，去关照中饭了。

祖母待了一会，对姑母说："我也真是自讨苦吃，多操心。女儿是她生的，我再辛苦些，究竟隔一代了。何苦呢！但是我永远想不明白，我不但要操心，都时时刻刻担心。这份嫁妆是不够好。"她说着说着，哭了，我也跟着擦眼泪。姑母带笑说别的事岔开了。

午饭时，上下又吃了二桌，大家情绪已经平静。祖母说："差不多了。送嫁妆的也快回来了。你们大家猜猜看，张家喜封是开销多少？"她心里是在估计这副嫁妆是值多少，应该开销多少才算合理。

一会儿下面人声嘈杂，大家都很兴奋的赶下楼去听热闹。我不便去，伏身窗口探出头去听着看着。大家你一句我一句问着："怎么会耽搁这样长久？看样子满意不满意？开销多少？吃了饭没有？"

阿刘笑容满面抢着报告："老太太，太太，放心好啦！那面太太交关和气。我们九个人吃了三道茶，先是清茶，后来是莲心汤和包子。我是那个叫阿胡的姐姐陪着。总开销四百元。喜封六十元。我送钥匙包的，另外给我十三元喜封。"祖母听了，似乎放宽了心，很高兴地说："很好很好，算客气的了。相当有分寸，究竟是办过大事的人家。我老早打听过，这个阿胡是多年的老佣人，以后要她照应的事多呢。我们送过去的喜封，阿胡的要加倍。"大家全放了心。于是祖母、母亲，同姑丈、姑母，商量着怎样分配这四百六十元给帮忙的男女佣人和喜娘们。

我的结婚礼服和首饰早已送来。浅粉红色软缎的衣裙的同色绣花，花沿上又钉着同色的小珠子和亮片。裙子不是打折子，是十六条带子围成的。当然带子也是绣花，钉满珠片。

半高跟的鞋，同衣裙同色同料，都是在时新昌定做的。

礼服送来时，大家围着看，我倒反而落后没有看清楚。我想：应该拿到后房去试一下大小。如果太大，要改还来得及。可是没有人叫我试，连祖母都没说。我既不明白，也不好意思开口问了。

在半夜人静时，我大胆试穿起来，觉得裙子还可以缩紧。这件上衣的腰身空荡荡，足足大了一寸，太不合身了。

第二天，我对祖母母亲说："这礼服太大，我已经试过了。我想叫裁缝来改小半寸一边。"这一次，祖母和母亲不约而同、同心合意地叫起来："礼服不到正日，你怎么可以先试穿！礼服从来没有听说可以改的。男家拿过来这样就这样。九月里才有你的衣服尺寸交给他们二姐，就是大些，相差也不会太多。正日那一天，你在礼服里面还要穿四五件呢。"

我听了不但不能改小，还像闯了祸似的不对，心里实在不高兴。想到一辈子一回的大事，礼服总要称我的心做得合身才好。真正不懂了！这件事她们两位的意见倒会一样！我问不出口，也没有坚决要求非改小不可。

首饰是金镯一副，珠镯一副，珠凤一对，祖母绿和小钻石合镶的长耳环一副，珠翠合镶的大别针一只。这些首饰，除了金镯之外，其余在当日全要戴的。自己的陪嫁首饰是珠头面一只，珠翠手镯二只，戒指二个。还有几件金器，是小时候戴的响铃手镯和戒指、锁片等。

十八晚，是婚前末了一个晚上在娘家了。大家全把我当作客人一样。姑丈姑母请我整桌的酒席。虽然我是小辈，可是我是特客，是主角，所以要我坐在上座。长辈们向我敬酒倒酒，一个个说着相同的吉利话。我立起来接过酒来，糊里糊涂都喝下去了。实在几个月来，由北到南，大家忙得人仰马翻的情景，把我弄得麻木昏糊，以前时常担心、发愁、骇怕的念头，反而驱散。每天进进出出买东西，乱纷纷，也没有时间去想。一切随其自然，等待这件大事的正日来临。

当鱼翅端上桌来，大家又向我敬酒。我拿起杯子正要喝，祖母连忙拦住说："够了。阿佩不能再喝了！已经有十多杯喝下去了吧。今夜早点休息，明朝有得吃力呢！"接着她又带伤感的声调说："明朝这时候正在张家，新娘子要被人围着取笑了。"

我被祖母提醒，想到明日的难关，不知究竟是何情形，被人怎样的取笑捉弄。胸口一难受，酒涌上来，等不到终席，眼泪直流。立起身来，奔向后房床上倒下，低声哭了起来。

迷迷糊糊睡了一会，静眼看到祖母拿着茶杯坐在床边。她叫我喝了茶，低声说："你这样子不对。我对你说过多少遍了，做新娘子总要被人吵的。这叫作不吵不发。个个女人都要经过这一关的。无论人家怎样吵闹取笑，你千千万万要忍耐，忍耐。你如果露出生气的样子来，或者流出眼泪，那可是一生一世会被人笑话，当作话柄的。好在只有明夜一夜工夫，后天下午就接你回门休息。以后人家就不能够再闹房了。从前要三天、五天，才可以回门。那做新娘子的才吃力呢！现在时代不同。你是新式结婚,张家又是新派人家。我已经托人向你阿婆讲好！第二天回门,她答应了。你放心好啦！我什么都想到了。你如连一夜都忍耐不住,那连我都丢了面子。”这一类话语,同宁波人闹新房的习俗,我从十四五岁起就听到祖母对我常常讲着。新娘子如果忍不住,有了什么举动,或板了脸,都会使亲亲眷眷当作笑话传说一辈子,也会因此而失欢于公婆,更会带累女家被批评不够有教养。所以祖母一直在担心。连母亲也不晓得,她可老早想到,恳托那位给我开面的太太,去向张家要求要第二天回门,缩短了我被人取笑捉弄的时间。

夜深人静,祖母出去不久,母亲又悄悄地进来,在床边上一坐说:“阿孃的话你不能全听。她要面子,难道我不要。要是你爹爹有多的钱,我当然会叫他多拿出点,给你多办点嫁妆。我要有好的首饰,还不给你？这回租房子,同来回的路费,每天的吃用,早就够三二堂好木器了。你阿孃人前人后,总说没有嫁木器。你晓得我心里难过不难过？你爷爷这场病,也用了不少。……

“你还有那么多弟妹呢！那存折里的一千六百元。是我平日积省下来的。你要俭俭省省用,三年之内不添衣穿也可以了。男人(即丈夫)还要读书,不晓得几时才会赚钱。张家那么多人,过年、过节,要开销。还有许多外甥下辈,过年、生日,你全要给钱。所以无论你阿孃怎样讲,我决不肯拆散这笔钱买木器了。我是为你好,手里有这笔钱,实惠些。日常可以贴补贴补。木器是应该男家备的……”母亲是不会说话。但是非常理智的人。她从来也不会流眼泪。她一口气对我说了一大堆，是因为这些日子听够了祖母的闲话，受尽了委屈的缘故。母亲当然是觉得委屈的。这次南下，明明是她嫁女，现在所有对外的大事，全是祖母应付包办了，她的地位好像是个嫂子，我成了她的小姑子似的。她每天加菜添酒，忙着四顿饭食，别的事也插手不上。她出钱，祖母却总是想着当年在宁波嫁姑母时的盛况，因而发牢骚。母亲怎会不气，而感到自己的委屈呢？

可是祖母是我自己求她来的。因为我确实明白母亲没有本领应付我这件大事。我做错了吗？我不晓得。听了母亲这些话语，当然又使我非常伤心，抽泣着说：“我晓得，我晓得。我并没有要木器。东西够了。你们都为我好，不要再讲下去了。”

母亲出去不久，我毫无睡意在沉思着。祖母披了衣服又进来。她并没有问我母亲进来过说些什么。她似乎是想到今夜是最后一天，她养我一场，有再提醒吩咐我一次的必要。她说：

“阿佩！你刚才吃饭时候那样喝酒，可不对。我对你说过，酒要会喝，但是不可以随便喝。人家敬你或是要你干杯，你只好碰碰嘴唇，或是咽下去一小口。做新娘子连一小口也不应该入肚的。这不能同以前我带你出去应酬，你给我代酒那样爽快，头一抬就干杯了。……

“还有你会打牌，可是千万不能上桌。公婆在打牌，你应该在旁边转转，招呼招呼茶水。你自己决不可以打。因为你太年轻，人家说起来，一定是我好赌的缘故。打牌是会上瘾的。牌要会打，但不能打。还有坐要有坐相，不论穿裤子或穿裙，大腿一定要并拢，两脚不可以八字式。新派旧派全一样。我看女人大腿分开坐着，真正难看，不像样子。做媳妇，随便什么时候，出房门头要梳光，纽子要扣好。除了自己男人外，决不能够穿拖鞋见人的。随便什么事情，你做媳妇的人，不可以兴头出主意；要看在眼里，记在心里就够了。从前是廿年媳妇廿年婆，再过廿年做太婆。现在是新时代。你忍耐四五年，男人赚了钱，你就可以出头了……”祖母一件件讲着，我听得十分疲倦，也不耐烦起来。她这些话，我实在听多，也听腻听烦了。我阻止她再说下去：“阿孃，我记得，我不会忘记。你已经讲过许多许多回了，为什么今夜还要再讲？”祖母望着我半晌说：“我是为你好，以后我就是要说，也没有机会说了。”我泪水又涌出来。她也在擦眼睛了。她又告诉我：她平日出去戴的唯一的一件首饰，一只红宝石的插头针，送给我，已放在首饰箱里了。

她忽然又想到说：“张家是新派人家。在上海一定常常吃大菜（即西餐）。你上回吃鸽子，切得刀、叉、盘子乱响，还把鸽子滑到地上了。以后千万不要点这种难切的东西，顶妥当是点火腿蛋。”我听到这件事，忍无可忍，火冒上来了。我顶撞她说：“这件事我自己当然晓得是坍台的，难为情的。下回哪会再有这样事！你不要再关照了好不好？”我的口气相当重，我出口之后，已经心里在懊悔了。祖母看了我一眼，立起身来很痛苦地低声说：“也许我是老了，讲过忘记又讲。只要你记得就好。快快睡吧，明朝我会叫你的。”

我哪里还有睡意！我想做女儿做人已经够烦、够难，也够痛苦了。以后到那个陌生的大家庭去做媳妇，日子一定更难过了。明朝还有一日一夜做新娘子的难关，我怎样去度过？想着，哭着，泪水已经泅湿了半边的枕头。

一九二六年一月二日，农历是十一月十九日，正是我们的吉日良辰，也是我的难关。天气已经相当冷，但那天没有风。太阳照满了向南的楼上，果然是个好日子。当我迷迷糊糊被人声惊醒，已经八点多了。我感到两眼睁不开似的，一个猛劲儿跳下床，对镜子一照，啊！不得了，不但两眼又红又肿，似乎连脸也弯曲浮肿了。心卜卜跳着，我真是着急。这怎么见人呀！还有许多可怕的难关！

祖母进来看到我的面目，也感到惊诧，连忙安慰我说：“不要担心，不要怕。张家是新派人家，不会闹房的。就是说笑说笑，时候也不会太长。你随他们去说笑好了，过了今夜，就没有什么啦！现在时候还早，开面约好在下午一点钟，要早一点把所有应用东西拿到新世界饭店去，索性我们都早点去，省得心挂三头。你安安心心在那里睡一会，整个上午可以休息，眼睛或许会好一点的。”

张家借的是一品香饭店办喜事，女家为了就近一切方便，所以我们就借新世界饭店上轿。所谓上轿，不过是说顺口的一句话。那个时候在上海结婚，坐花轿的恐怕已经没有了。代替花轿的是结彩的花汽车。

一早我被许多人拥着到了新世界饭店楼上。我们定了四间大房间应用。祖母给我脱了外衣，拉上了棉被，放下了帐子，安慰我说："好好闭着眼睛，心定下来，不要多想，就会睡着的。我还有许多事要料理，要出去一回。我会关照所有人都不要进来。时候到了，我会来叫醒你。"

她吩咐完毕，果然拉上门出去了。房里只有我一个人。白竹布的方顶帐子围遮着我。我呆看帐顶，动也不敢动。心里想着难关难关，今天是我的难关。……迷迷糊糊，我竟睡着了。

当祖母和阿刘进房来的时候，我已经睡了两小时多，早已醒了。因为我不晓得起来做什么好，我就索性躺着不动。祖母叫我起来洗澡，先换上新的内衣裤，再吃下一碗桂圆汤。跟着，几位近亲长辈全都拥进房来，看我穿衣服。

我在礼服里面一共穿了四件短衣，三条裤子。贴身的绯色布紧身，右面密密的都是小纽子，拉紧扣子，胸部可以平坦。那是洗完澡，阿刘给我扣上的。我不要那么许多人看着我穿衣。藏到帐子边沿，由祖母把衣服递给阿刘，阿刘帮我穿上。

第一层是一套绯色外国货，极薄绒布短袖的衬衣裤。第二层是肉色印度绸小衫裤。第三层只有上衣，是肉色印度缎绣蝴蝶花的薄丝棉袄。第四层是浅粉红软缎绣牡丹花的夹衣裤全套。阿刘给我穿一件,帐子外有人合口同声说着吉利话。

里面穿整齐了,外面套一件印度双丝葛的旗袍。我就端端正正坐在床边。一会儿外间有人一个接一个喊进来:“开面太太到,奏乐。”小堂名便滴滴叭叭吹起来。一位胖胖的所谓夫妇双全子孙满堂的全福太太被人扶进来。她是很早就被祖母选中,当面请好的。她是仲文的姑母,和我们也带点亲戚关系,又是祖母牌桌上的“同志”。这时候北方政局已有改变,很多亲友已南下了。

所谓“开面”,由小姐改作少奶奶打扮。以前老法,是真的开面。把前额短发汗毛用线绞去,绞得额角光光,像切过一样成为方额角。我结婚时,早已不行方额角了。但在上轿之前的仪式上,仍保持这个“开面”的名称。

这位开面的太太手拿红线,和我面对面坐着,在我额上装个绞的样子说:“五代见面呀! 多子多孙。今朝真是好日子,暖暖热热,和和气气。”

吃上轿饭了。一盘子菜和饭端进来。小堂名在外间又吹起来。开面太太拿筷子拣了一块鱼,在我嘴边碰了碰,说:“吃过有余。”又拣了块烤麸(即面筋),碰碰嘴说:“富贵齐全。”——这些礼仪,祖母早关照我过:“开面太太把菜拣过来,只好碰碰,新娘子是不可以吃下去的。”

外间赞礼人喊催妆,奏乐。小堂名滴滴叭叭。再催妆,滴滴叭叭。三催妆,又滴滴叭叭。阿刘走过来给我梳横爱司头,前面挑下些刘海儿。祖母给我擦粉画眉。母亲捧着首饰箱,由祖母一件件给我插戴。忽然我觉得右手一只翡翠周围镶小钻的戒指不是我自己的。我抬头看看祖母。她低声在我耳边说："不要响。这是我从兰那里借来的。你缺少一只有钻的戒指。自己的又只有一只可以戴。"

最后脱下了那件梳妆穿的旗袍，穿上礼服，套上裙，披上了头纱。一切穿戴舒齐，我被阿刘扶着坐在外间椅子上等待时间。

我低头看看地板，看看粉红缎子半高跟鞋上的珠子和亮片。这双鞋很合式，是我们到上海后，张家拿了我的旧鞋，做样子去定做的。礼服实在不合式，虽然里面穿了四层，觉得身子仍是可以转动似的宽松。

这时拥进一群人来，有人说这是张家的五小姐和六小姐。我听见就抬头观看了。因为我常在担心，觉得自己的衣式是北方学生派，未免落伍。张家在上海，五六两位小姐都是洋派教会学校读书的，衣式打扮一定和兰的姐妹一样时髦漂亮。这时一看，很出我意料之外。原来她们二人都是梳辫子，在辫梢上打个大蝴蝶结花。巴黎缎的上衣，下面是半长黑缎裙子，加条宽珠边。半高跟黑漆皮鞋。

我当时奇怪了。作嫔相怎么可以穿黑裙子呢？我放心了。她们在上海的小姐也并不时髦。上衣那么长，全是方角下摆哩！我看着，把难关全忘记不想了。我就注意着她们的衣式打扮，没看她们的脸。

我的嫔相有三位。除了张家五六两位小姐之外，我自己请了李大姐。她是兰的姐姐。兰已出嫁有喜了,我只有请李大姐。因为她是熟人,可以照应我一切。还有两个小孩,拿花篮的是仲文的外甥女,拉纱的男孩是仲文的外甥。

吉时一到,小堂名夹着乐队合奏起来。我被人扶着,叫我下跪,向祖母和母亲行告别礼。不知什么缘故,那一天我的眼泪居然非常争气,好几个场面非常伤感伤心,我竟没有哭。也许是麻木了,也许是头夜眼泪流得太多,哭透了。

我捧了那一大束康南新花,被扶拥下楼,坐进了张家来接的花汽车。汽车前面有粉红缎带扎着的一个洋娃娃。里面有洋红的绸子,遮没了玻璃。在车子里,我的脚边放了一只铜黄制的手炉,里面有煨得通红的炭块,象征着热烘烘吉利发达的意思。

与我同车,照应我陪我的,是李大姐,她那天真出风头。我们下车时,看她的人,恐怕比我这个新娘子的还多呢!

她的一套衣裙,我们是一同到永安公司去选择料作配丝绒的。她自己设计,别出心裁。淡蜜色缎面的衣裙,上身极短,长裙碰到脚背面。她用红丝绒剪挖出花纹,做成七八寸阔的花边,钉在裙沿上。再以同形的红丝绒小花朵,钉在上衣的下摆。二只袖子是银丝累丝纱做的,配着裙下的银皮鞋。那是上海那个时候极时行、也很少见的时装。

李大姐因为双手要捧鲜花,不能够披斗篷,所以只在肩部斜搭了一只长毛的白狐。她等于大冷天穿了夹衫,光着手臂。幸而汽车里有只手炉借些暖气。

我的礼服和她实在太不相配了。既有中西之分，又有冬夏之隔。同张家二位穿黑裙的嫔相也不调和，像隔了一个时代似的。

从新世界饭店到一品香饭店，看也看得见，就在同条马路的斜对面。汽车开得极慢，三四分钟也可以到了。可是花汽车前的乐队是步行的，汽车只好慢慢移动跟着。因为晓得太近太快就可以到，所以关照好，特别转到另一条马路去绕了一个大圈子。当一阵噼噼啪啪的鞭炮声中，车子停下来，我晓得已到了一品香，难关要开始了。

张家两位小姐和花童们，坐另外一辆车子，没有乐队绕圈子，早已在门口等着。她们已排好了行列。李大姐下车，就把白狐扔给了别人，跟了花童先我进去。张家有一位小姐扶着我走。门口乐队吹打得非常响。一进入门内，礼堂里钢琴就登登登、登登登奏起婚礼进行曲来。我踏着红布，低头看看自己的脚一寸寸移动。走了好一会，似乎还是那段地方。我目光向旁边一溜，在吵吵嚷嚷的弄堂以外，只见一片红色金光。原来所有墙上都挂满了红喜帐和金字。我听见有人在说："李家大小姐这套衣裳真漂亮呀！完全是外国派头。袖子是什么料子做的呀！这样短。走得太慢了，恐怕是冻煞走不动了吧……"琴声停止，婚礼开始。我已立在礼堂的台上了。我仍旧低着头看台上的红地毡。至于台上有些什么人，赞礼员怎样喊，我全没有看见，也没听见。不知怎么一声，李大姐从我身旁走向前去，一会儿她拉起我左手，给我戴上了结婚戒指。我才全神贯注地听见叫:“新郎新娘相对一鞠躬——”李大姐把我拉向侧面,示意叫我鞠躬。当我弯下腰,看到了一双黑漆皮鞋和黑呢裤在,我才想到这是新郎。不知怎么一回事,连自己也不晓得,会在鞠完躬转身时忽然抬头,目光向前,想看一眼新郎。刚刚看见了黑礼服上一朵粉红色的康南新花,下面就有人拍手大喊:“好呀!新娘子已经等不及要看新郎了!”吓得我浑身发热,急忙低头看红地毡。

在“礼成”一声中,一只套白手套的手,挽我走下台,在人缝里走出去。彩纸和米粒,像雨点一样向我撒扔过来,洒得我脸上发痛。

婚礼照

在礼堂后面刚坐下休息，有人来关照要去照相了。于是一大群人，二辆汽车就拥到大马路中华照相馆。在照相馆的大镜子里，我才看清楚自己今天这件不合身宽大的礼服，和低压着眉毛腊花束着的头纱，还有浮肿的面部及双目，真比任何打扮都难看。

照完相，再回到一品香，客人们都已入席在喝酒、猜拳、吃早晚饭了。我们被拥入后房。仲文被许多人围着，取笑吵闹。后来有二三个人把他抬到我面前，一起一落，一收一放，把他当作木桩，要给我看。意思是捉弄新郎，以引新娘发笑，又要使新娘心痛。其实这有什么可笑，我怎么会笑？我只觉得这种玩笑真讨厌。我没有理由，也没有资格为了仲文被他们作弄而会心痛。我还没有把新郎看清楚哩！

正在吵得没法收场，外面叫“新郎新娘快出来敬酒——”这算解了围，下了台。所谓敬酒，并不要我们亲自去倒酒敬酒，是有人端了酒壶酒杯，领着我们到每桌酒席的下首，客人们立起来举杯向新郎新娘说：“恭喜恭喜，百年偕老。”我们只向客人一鞠躬，旁边拿酒杯的会替我们代说几句客气话的。

我们只坐坐席，菜已上到最后一道。客人们已经吃完散席了。大概新郎新娘是用不着吃东西的。外客散去，近亲知友都要去看新房。

这回由一品香到慕尔鸣路的张家，是我和仲文二人合坐一辆汽车的。要经过一条很长的静安寺路，车子开得相当慢，所以在路上有一段相当长的时间。

我局促不安地坐在车角落里，不敢靠近他，也不敢偷看他。窘了好一会，他似乎在移动身子，坐到当中了。我很自然的向角落退缩一步。他并没有再坐过来。只听到他低声说."真正会吵！这班人都是我的同学。等一会到家，他们还要吵哩！"他像自语，也像是对我说的。我没响，也没动。过一会，他又说："今朝你很吃力吧？"我在喉咙里应了声"嗯"。我抬起头来，看看前面的车夫。他意会到，就不响了。

又是一阵鞭炮声。我晓得是到家了。车刚停下，就听见大门口许多人喊着："新娘子到了，新娘子到了！"阿刘早已等在门口，迎上前来扶我。我紧紧地挨着她。这时候我真感到举目无亲，只有阿刘是我方面的人。我多么需要她呀！

当我们从人群中被推拥上楼，我被扶入新房，在正中坐下。阿刘像保镖一样，立在我身边。有人叫请姑太太来给新娘子揭纱。一位胖胖的太太走过来。我举目一看，原来她就是中午给我开面的那位太太。她说着同样的吉利话，由阿刘相帮把我头纱和腊花从头上拿下来。

这时进来了许多婆字辈的老太太，都穿常青短袄、黑裙子。阿刘叫："大小姐快立起来。"大家都客气着说："新娘子今朝是客人，请坐着，不要客气。"我刚起身又坐下去，好像听说过是坐着给人家看的。于是大家围着我，从脸看到脚。从礼服揭开，看到里面的三层。从头上的珠凤，看到手上的戒指。几位老太太看够了，退到沙发椅上，又有几位走近来仔细观看。我听到沙发上几位老太太在窃窃私语，议论纷纷：

“哪几件首饰是拿过去的?”

“那我晓得。差不多全是拿过去的。只有头面和两只戒指是陪嫁的。”

“新娘子皮肤怎会那样黑,一点也不细腻。”

“新娘子从小在北边长大,大概是北边风沙厉害,吹多了的缘故。”

“这叫文明结婚?还是叫新式结婚?”

“当然是新式结婚了。文明结婚,新娘是穿袍子马褂的,新娘子要戴蓝眼镜的。”

“我看还是文明结婚好。你看,新娘子没有一副蓝眼镜遮着,东看西看,像煞不大好。”

“新娘子几岁了?”

“好像比小连小一年吧。”

“年纪倒是轻。只看她这一头厚层层乌绒一样的头发,就是十七八岁的样子——”。

我听到了真是一肚子气。难道你们不晓得我是从小订的亲?难道我还会瞒骗年纪?要是祖母听到她们议论首饰,一定会气昏了呢!

下面在喊“拜羹饭(即祖先),见礼啦”。阿刘带着笑容对众人说:“我们小姐和姑爷要换衣裳,请太太小姐们,暂时到外间一息,等见完礼,再请进来热闹。”同时有张家的下一辈扶她们下楼去受礼。

房门被阿刘关上了。房里只有我和仲文及阿刘三个人。

阿刘帮我脱下礼服衣裙，换上对襟天青缎，绣五彩团花和云头的上衣，下面是大红裁缎绣五彩花的裙。脚上换了大红平金的平底鞋。这套衣裙完全是为了见礼的需要，在瑞蚨祥定绣定做的。我也就穿过这一回。真被母亲说着，借借可以了，用不着花一百多元定做的。

仲文由西式黑呢礼服，换了中国式的袍褂。他穿的是藏青缎子团花的狐皮袍子，黑缎马褂，黑缎靴子。这回我们二人的服装倒十分调和，完全中国式，是同一时代的打扮。

头上没有披的纱，我不能老是低着头了。当我们走入楼下间客堂，我虽不是一个个去看人，但室内的布置摆式是看见了。原来这是间中西合璧的客堂。正中和二旁的壁上，都挂满了喜联和金字红缎幛。

屋顶正中是只西式五星抱月六个灯泡的大电灯。从灯的链条到屋顶的周围，都是五彩一条条、一绞绞的彩纸。

两旁摆的是红木几椅，有大红绣花的坐垫椅披。正中长几前面放两张红木方椅，圈着一样的桌帏。桌子前面正中一只黄铜的香炉，两旁一对烛台，正燃烧着一尺多高的红烛。桌上供着许多盘子，上面顶着红纸的喜字。这情景，可以用“灯烛辉煌”“人声嘈杂”八个字来形容。我想到祖母曾说过“张家是新派人家”，但现在我看到的局面排场完全是老派呀！也没有时间多想，见礼节目便开始了。

桌前两把红木大椅子。我和仲文并立在椅前的红毡上。仲文在右，我在左，阿刘靠近我，在左边照应。我们先向桌上供的跪拜，三起三落，三叩首，这是拜祖宗。然后见礼。作公婆的二老，微侧着身子，坐在椅上受儿媳一叩首。接着是张家本房的叔公叔婆，推推让让，客气着受我们的跪拜，旁边有赞礼人喊："叔公叔婆见面钱！"只听得通的一声，丢过来的红纸封套落在红毡上。挨着次序，由叔公、叔婆到姑丈、姑婆、姨丈、姨婆、舅公、舅母。——红封套随着跪拜，纷纷落在我的身旁。然后是张家平辈的兄弟、姐妹、姑爷等，排了一大队，立满大半间，相对三鞠躬。最后我们被请向上立，受外甥们的礼。我做舅姆的人，早预备好"见面钱"给他们。

正要上楼再闹，有人报告："新世界饭店已经来过三个电话，催请姑爷去入席见礼。"阿刘上楼拿了我的白狐皮领，金黄和白色巴黎缎的皮斗篷。我们便匆匆到新世界饭店去了。

在新世界饭店行的见礼形式，也差不多。只是女家对待新姑爷更加客气。除了祖母和母亲上坐受礼之外，其余的长辈姑丈、姑母、舅舅、舅婆，都不肯上坐受礼，经人拉拉扯扯后，有的侧立在椅旁，有的躲在人缝里不肯出来。

可是每次叫一声"×公×婆上坐"，我们照样向椅子下跪。立起又跪下，跪下又立起。红封套也跟着丢在红毡上。我们是向空椅子跪拜哩！

入席了。我和仲文坐在上面两个位子上。这一桌有八个陪客，都是年轻的平辈。一个个向我们敬酒拣菜。面前盘子里的菜都堆满了。我只拨动了两下，并没有吃下去。其实我的肚子是饿得很。这一天，上车下车，拥进拥出已多次，我只喝了一碗桂圆汤。所以当鱼翅敬过之后，祖母示意阿刘，新娘子需要回房休息一下。

我回到楼上，吃了一碗莲子汤，一只包子，刚刚擦面补粉完毕，下面有人叫："张家电话来催，客人快散，新娘子回去送客。"

祖母说："慢慢来，有什么要紧！今朝新娘子照规矩是不用送客的。面总要擦好，让他们去催好了。"等第二回电话再来催，祖母不说什么了。我因为怕和祖母面对面的告别，就急忙忙地下楼走了。

第二次进入新房。我换了件大红夹金的花缎短皮袄，正可以配那红裙。

婆字辈的老太太已经坐在牌桌上。不打牌的早已回去了。可是新房里的人越来越多。他们是早有准备与组织的。

领头吵闹说笑话的是仲文的两位姐夫。这么许多家里人，我在当晚一个也不认识，直到一个礼拜之后，才弄清楚。实在张家的人太多了！

其中要算四姐夫最顽皮会闹。他喜欢说笑倒没有关系，我可以当作没有听见。我最讨厌的是他动手，他竟一件件翻看我的衣角。先是由外到里，看到我里面穿的第三层衣服才住手。后来他竟然拉开裙沿，要看我穿几条裤子。我真急了，脸涨得通红，恨不得把这个蹲在我面前嬉皮笑脸的男子踢他一脚，才出我心头之恨。

阿刘看到我的神情不对，速忙赔笑说："我们小姐年纪轻，怕难为情。老爷们去看衣裳，让我来卷裤脚管，这样蹲在地上太吃力了。”四姐夫假作生气的样子，他瞪着眼睛向阿刘说：“哪个要你管闲事！你走开。我们看新娘子，不关你事。”

阿刘下不来台，只好到后房去，端出一盘茶来，笑容满面说：“老爷、太太、小姐也吃力了，喝杯茶再闹吧。”

四姐夫不理她，立起身来对众人说：“衣裳已经看过，裤子不要看了。现在我要数数新娘子的眉毛”。他一边说，一边装模作样地卷着自己的袖口。拿了一根牙签面对着我。把牙签沾着他的口水，走近前来，指指点点，真的会拨着我的眉毛，口里还数着：“一二三四五六七八……”我从来也没有想到吃喜酒的客人，会看这种稀奇古怪的动作。牙签沾着口水，多脏呀！多野蛮呀！还说张家是新派人家哩！

我心里又怨又恨，愤火燃烧着，脸也越涨越红。两手紧握着，我把眼睛闭上了。我想着祖母的叮嘱“忍耐，忍耐”，今天这个难关，非忍住不可——

这时，另一个人来打圆场。他们大概事前商量好的。他剥了一只橘子，拿了一片，先要仲文咬一口，立刻拿来放在我嘴唇边，叫我吃。我先是闭紧了嘴，当作不闻不见。他对大家说：“新娘子真厉害，一点也不给新郎的面子。新郎碰过的橘子，不肯吃。”他在旁边翻来覆去，老说不完，又不走开。我真讨厌死，烦死了。因之，不管是不是可以吃，张嘴就他手上把那片橘子含入口里。

这一下，不得了，全房间的人拍手叫好。叫着：“真要好呀！新娘子还没有到时候，在家人面前就这样亲热起来了。”我感觉到实在是不应该吃的。橘子还在我嘴里，就慌慌张张，一口吐向身旁的痰盂中了。这又引起满房大笑！

大约午夜一点钟光景，客人分批散去。每走一批，我只送到楼梯口就止步。这算是优待新娘子。第一天进门，也把我当客人一样。我用不着亲自端茶，也不用送客下楼梯，更不必开口招呼人。

最后走的是仲文的姐姐、姐夫们，还有三四位表亲。他们临走时笑嘻嘻的，又带着神秘的眼风，似乎很体恤地对仲文说：“真正对不起！今朝吵了一天，你也辛苦了。早点上床，当你的房长去吧！”我不懂什么是“房长”。

客送完后，我们要到阿爸、阿姆房里去送被褥，请晚安，阿刘跟着抱着一垫一盖两条被褥。被是绣花的，褥子是锦缎的。这是宁波的规矩，媳妇进门孝敬公婆的礼物。

我对公婆的称呼，在婚前已经讨论过多次。因为每家有不同的称呼。后来祖母决定，她说：“不必照老法称公叫婆。跟着男人叫，显得接近，又亲切些。”

这时房里很清静，已经没有外人。阿爸在吸旱烟，冬冬冬在铜痰盂边沿上敲着烟灰。阿姆是吸水烟的，噗噗噗一口口吹着纸媒。我因为晓得今天可以不必开口叫人，所以默默地在沙发下手坐下，很留心地听着两位老人家和仲文在谈论今天的一切，以及明天要请证婚人同陪客。

最后阿姆似乎对我，又像对阿刘吩咐：“明朝回门，恐怕要很晚了。我早算过有七家长辈要去端茶,五家要送被。有没有预备好?”阿刘很恭敬地同答:“一盖一垫被褥早预备好。茶是三道,除清茶外,桂圆同白木耳,明朝那面太太会送过来的。”原来祖母早打听明白:二家本房外,加上姑婆、舅婆、姨婆,共要送五份被褥。这五份不必像送公婆的那么讲究,只要是缎或绸的被面,褥子布的就可以了。所以我虽说是有四十条被褥陪嫁,但一下子就送掉了十二条,所剩只有二十八条了。

坐到二位老人家旱烟吸完,佣人端进了洗脸水,阿姆才说:“时候不早,你们都吃力了,明朝还有事,现在好去安歇了。”我们才慢慢地退出来,回到了自己的新房。

阿刘给我卸下头面珠花,通了头发,梳了一条松松的大辫子。我在这时才看清楚新房里的木器和布置。

这是一所中国式三上三下有前有后的洋房,我们的新房在东边朝南,是全宅房子最宽大的一间。本来是二老的卧室,因为娶媳妇,把这间正房让给我们做新房了。他们自己搬到西边有前后间的小房间去。

这房间是长方形的。靠东有二扇窗,和一个高大的火炉架子。前面朝南是六角形,大小窗门有五扇之多。西边一排竟有三道门。最前面的玻璃落地门,开出去是阳台。中间一道门,就是日里进出通堂屋的(即楼上客堂)。靠后面一道门,是通堂屋后面的楼梯间。这道门本来用不着,早已封锁了。我的六只红皮箱,和四只大皮包,分成二叠,高高的堆在门边,差不多门已遮没，看不见了。后面靠墙摆着大床。床旁又有一道门，可以通浴室外面的过道。总计这间长方形的大房间，有四道门，大小七扇窗，同一个火炉架子。

新房布置得相当富丽。十四件奶油色刻花的木器，分摆在周围。前面靠窗下还有三件绿丝绒的沙发。紫红色呢料的落地窗帘，边上钉着绒球。玻璃窗上是白色麻纱打折的短窗衣。正中有大小玻璃片穿成叫香得利拉的大电灯，照亮着地上金黄和宝蓝色团龙地毡。东西二壁又有蜡烛形的壁灯。

床是新式没柱的。床几上放着一只糊纱的笼头红木台灯，光线比较暗些。

帐子是新式圆顶，用十二幅蜜色华丝葛做成，挂在屋顶天花板的钩子上。圆形帐顶的周围，是红绿亮片钉成二龙抢珠的花纹，特别鲜艳。

这时，帐子粉红缎带束着，斜拖在床后。因为床上高高堆着我陪嫁的最好的八条被和枕头，要给人家观看的。

阿刘在铺床了，她收拾起不用的被、枕。铺好了大红缎绣百子图的和合被，放平了一对白缎绣五彩鸳鸯戏水的双枕。最后，她解开缎带，把圆帐将床遮没。

十多支灯光，和一对大红花烛，照得满室光明，又照亮了金的座钟，银的花瓶，和糖果盘，显得新房格外富丽热闹。

但是我们的心境是惶惑不安的。我还怀着恐惧紧张，不知下半夜又有怎样可怕的举动？刚才已经取笑吵闹够了，难道他们整夜不睡，还要再来！

仲文心里有数，他料定他们下半夜一定会再来，但就是不明白他们怎么样可以进得来。

阿刘心里也明白，刚才取笑动动嘴不算一回事，不会那么便宜的。闹新房总是在下半夜，他们可能会再来。他们如果进了这房，照宁波习俗的，老例一定要拿到新娘子的头面首饰作押头，备作交换品，再讲行情，敲现钱的竹杠。所以首饰箱的安放，是个大问题。我对于这些常识，只听见祖母讲故事似的说过，以为那是二三十年前，上一代的事了，现在哪里还会有。再说，听来听去，张家又是新派的人家，大概不会有那些无理取闹的事了。

但阿刘凭她在宁波城里陪嫁的经验，她总觉得有点不安和担忧。她郑重其事向仲文说："姑爷！我看刚刚走的姑爷小姐们，笑嘻嘻的样子，恐怕不是真回家去。说不定再会来闹房的。因为明朝下午回门，他们只有今夜可以闹。这房间门和窗有这许多，我们要仔细察看，有什么地方他们可以进来。还有这首饰箱，放在什么地方才妥当呢？"

仲文也觉得没有那么便宜。因为他在前一天看见两个姐夫捧花烛进来，曾在房里东张西望，鬼鬼祟祟的样子，刚才临走时又对他表示神秘的笑容，所以料定下半夜必有事情发生。

于是他同阿刘二人分头寻找可藏首饰箱的地方。抽屉大橱，不妥当，最易被人发现。火炉烟囱里，又没有可塞之处。皮箱又怕他们会打开。——他们二人东查西看，我只是像傻子一样，呆立着。

阿刘觉得这间房里实在没有妥当地方可以藏首饰,似乎今夜这个重任,全担当在她身上。因为祖母会和她谈过:“新房恐怕有人会闹的。寻不着首饰,就是他们闹进来,讲起斤头数目来也容易。如果被他们拿到了首饰,这个竹杠就敲大了。你要耐心磨,有讨价,可以还价。那么多人,二百元是免不了的。首饰,你要当心藏好。”所以阿刘相当着急。她忽然想到对仲文说:“现在老爷、太太大概还没有睡着吧?只好请老爷太太帮帮忙,姑爷,你领我去敲门,把首饰藏到老爷太太的房里,深更半夜,他们总不会去惊动老人家的。”仲文也没有主意,更不知如何是好,他就依了阿刘的话,去敲两位老人家的房门。阿刘很仔细。她恐怕这只首饰箱太大,藏起来不方便。她把首饰全包在一块大手帕里,跟仲文进去,把首饰包塞在阿姆衣橱角落里。我因为梳了一条辫子,不好意思见公婆,所以没跟进去。

阿刘把空首饰箱拿到外面任何地方一塞。她回进新房,锁上了通中间堂屋的门,还关紧了通洋台的玻璃门外的百叶门。前面的电灯全都关了,只剩床几上的台灯和一对花烛。她向我们道了晚安,又说了二句吉利话。最后安慰我们说:“照说是没有地方可以进来了。这房子材料这样好,门又重又厚,锁上了,一二个人撞也撞不开的。况且闹房是不可以撞门的。除非他们从下面爬梯子敲碎窗上的玻璃进来,可是闹房没有这个规矩的。姑爷、大小姐,放心安睡。我今夜不打算睡,就在浴室门旁打地铺靠靠。我头顶着后边的门。看他们从什么地方进来……好在东西又不放在这新房里。”

钟敲二下，已经二点半。洞房花烛深夜里，只有我们二个人了。仲文在床边换了绒布的睡衣，穿上西式深红色厚呢睡袍。他重新开亮所有的电灯。他像自语，又像对我说话：“天亮还有三四个钟头。我想他们一定会来，不过我不相信他们能进得来。”

他把所有百叶窗、玻璃窗，都检查过，说：“最大的可能是他们上了楼，由堂屋到洋台，在洋台锯断百叶门，敲碎一小块玻璃，伸进手来开门，就可以进来了。”于是又开房门，从堂屋到洋台去查看。回进房来锁上了门；又把通洋台的那扇百叶门加倍仔细用绳扎上。玻璃门上下的插槽扣紧。又把那茶几椅子推过来，堆在门前。

他看看认为没有漏洞了，就熄了所有的电灯。这时只有一对将燃尽的花烛，在火炉架前发着微弱的光亮。他很疲倦地向我说：“你听听三点钟了，我们睡吧！总不能坐到天亮。他们要来也只好让他们来，你不要怕。”

我轻轻地嗯了一声，仍旧倚立在床前面，对着烛光。他又说：“上床吧！明朝还要起早，休息一会再说。”他见我没动，自己就脱去睡袍，揭开右边的帐子，探身入帐上床了。

我这时穿着第三层袄裤，心里也很想入帐，上床，倒下就睡。但又不好意思过去，不晓得怎样才对。但那么大房间壁炉没有生火，我立久了，心里又骇怕，冷水浇背似的打了一个喷嚏。仲文在帐内听到了，他说：“快过来吧，这样要伤风的。”

我鼓起勇气，走到床左边，忽然想到一件事，把脱下的鞋子紧握在左手，右手揭开帐子，脸向外，斜着身子退到床上。枕头有二个，被可是一条呀！幸而仲文很客气，靠右边睡着，留一半被给我。我就小小心心、拘拘束束，拉开左面的被角，侧身躺下去。脸向着帐子，不敢看他。谁知他已看见了我，手在被外，拿了鞋子，真纳闷不懂了。他问："你拿着鞋子做什么？"

我本来是战战兢兢，局促不安，不晓得把鞋放在什么地方好。经他一问，立刻回答："我怕他们闹进房来，把我的鞋子抢走，怎么好。"仲文笑了。他很温和地说："不会抢鞋的。你如果不放心，摆在枕头边吧。"

我依他的话，把鞋放在枕头旁边。他伸过手来，握着我手说："快放在被内吧！已经冻得冰冷了。"经过这二三句问答后我觉得安定松弛些。似乎不好意思，也不应该老把背向着他。这就慢慢地移动身体转过去，仰面看着帐顶，目光可又向右边射去。啊呀！可不好了。原来他已经向左侧睡着，在看我呢。我快快收回向右的目光，正视帐顶。

彼此好像有话要说，要问，又无从开始起头。忽然一片漆黑，原来是花烛已燃尽了。我不由自主的心跳起来。虽然看不见，也没有挨近碰着，可是二个人合盖一条被呀！我想，难道这就算成了夫妻，不久会有孩子生下来吗？我虽然看过了几本描写男女之间的小说，但这方面知道得实在太少了。

仲文靠近我些，低声说："我有许多话要和你讲，你千万不要误会我的意思。"他有些说不下去，忽然停止了。我可吃了一惊，身体往左退后了些。忽然想到三四天之前，我曾到兰的家中住过一夜。她的丈夫婚后也在读书，平日住校周末才回家。那夜我去住，和兰同床睡的。她好意告诉我许多话。还郑重其事的要我留意。“你真要当心，我已经看见过他的女朋友了。他真有女朋友。连张家自己人也叫他小滑头呢！你要好好的防他，可能会出花样。”

这些话突然涌上心头。心想：“难道到了这个时候，他又想到要退婚了吗？”

他从枕上伸过手来，抚着我的肩头，吞吞吐吐地说：“我还是讲吧。你不要误会。你大概也有点明白：这次结婚不是我自己的意思，完全是父母的主意。我又不能不尊重。……

“我们年纪都这样轻，现在结婚实在太早。我还在大学二年级读书，毕业还有二年半。在这一段读书时期，一切都要依靠父母，我自己没有经济能力的。我想，我不愿意太早就有孩子，再要依靠父母，增加父母的负担。所以，所以，要你原谅，也要你同意。我们虽然结了婚，但仍旧像兄妹、朋友一样。慢慢等我读完书，做了事，自己有收入后再有孩子，并不迟。你千万不要误会，我并不是不欢喜你，或有别的用意。”

仲文这段话，说是说了，但似乎是很踌躇不安，经过考虑之后才说出口的。黑暗中虽然看不见他的面容神色，但他那低哑的声音，是温和亲切的。同时我也怕生孩子。这又是一个女人的难关，肚子会痛煞。

他的话语，很出我意外。但他的声音使我相信他没有坏意，也同意同情他为难的处境。我又有什么话可讲呢？即使有不赞成他的意思，我怎么会说得出口呢！

他又问了："你有什么意思，尽管告诉我。是不是你不赞成我的意思？"我连忙回答："赞成，赞成。"

他右手摸着我右手的中指，刚刚摸着那只祖母向兰借来的小钻镶翡翠的戒子。他为了刚才的话语，似乎要向我表示好感和亲热？他正想把那戒指脱下来说："给我戴好不好？"我急了，忙缩回手。他问："为什么不肯呢？是不是不欢喜我？"我真正又窘又急，我怎么能对他说这只戒指是借来的呢。如果被他戴着，明天万一被兰看见，岂不是个大误会，大笑话。

幸亏他看不见我的窘态，他并没有追我非脱下来不可。忽然他在我耳边极轻极轻地说："来了！来了！你听听，楼梯有声音，好像有人上来了。"

我一惊，立刻坐起，拿到枕头的鞋子，握在手中。果然听到床的右面，楼梯间有各种不同的细微声音。

仲文非常惊惕，他的声音也有些慌张地说："是了！他们已上楼了，就在堆箱子的门外。"

我靠近他说："我们怎么好呢？"他说："近了，更近了！"二个人凝神向右角倾听，一无行动上的防备。

格格格几声，忽然右边堆箱子的门上砰一声巨响，在黑暗中有一个人直冲下来。我们正坐在床上帐中，听得见声音，看不见人形。随着这一声响，很自然的仲文向左，下床冲出帐来。我很快的就把鞋子穿上。啪一声，那人已摸着开关，把电灯开亮了。原来他是以行动见长的三姐夫。

他得意得像打胜仗占城市的英雄一样。他把通堂屋的门打开,向外喊叫:“你们进来吧!我老早说过,很便当的,一跳就进去。我二脚落地,写写意意,什么也没有碰到。”

随着他喊,拥进房来的男女竟有二三十个,个个满面笑容,得意非凡。有一点使他想不到失望的是,我这个新娘子竟穿着整齐,没有脱过袄裤。

原来老式洋房的门上面,都有一个一尺来高的小窗。三姐夫同四姐夫二人捧烛进来时候,趁人不见,他们已把小窗的插销拿下来,到外面去锯断之后,又照原样装上。这个计划安排得相当好,使在房内的人决看不出那插销是已被锯断了。而且那道门本来是不用,上了锁,还堆上箱子。仲文也看不出。

众人进了房,阿刘才听见,从后门进来说:“我头顶着,不知怎么会睡着了。姑爷、小姐们是从那里进来的?”众人哈哈大笑。我又气又恨,惊魂未定。我看自己一身短袄裤,像打花鼓一样,就忙叫阿刘拿件绿色的旗袍穿上。仲文也穿上了睡袍。他很勉强地装着笑容,向姐姐、姐夫们说:“我早晓得你们会再来,可是没有想到子东会从那小窗跳进来,只怪我自己疏忽了,竟没有想到这扇小窗会出毛病。不过也很危险,子东在黑暗中跳下来,可能撞在床上呢?”

子东得意扬扬大笑说:“不会的。我不但量过算准,还演习三四回,万无一失。要是这一点本领都没有,还闹什么新房！再难也有法子进来呢。我算准，跳下去刚刚在你们床边。把你们吓着了吧！我倒想不到你们没有睡着。对不起。”

众人彼此在说：“原来新娘子有防备，没有脱衣裳，连鞋子也没有脱过。佩服佩服。”

阿刘在后面重新端出两道茶，和六只糖果盘来。热水壶同火酒炉本来就预备好的。她赔笑，把茶端到每个人手里。

我们被他（她）们拥到窗前沙发上坐下。四姐先向阿刘开口：“你总该晓得规矩。房已经被我们闹进了，你就得准备代表新娘子讲话，预备多少床头果（即喜果）打发我们出去。要不然，我们坐到天亮。”

阿刘带笑说：“新房是要闹，越闹越发。各位姑爷，小姐，一定会体恤我们大小姐同我这个做佣人的。请大家坐一歇，吃点桂圆汤。床头果一定有，明朝每家会送过去。”阿刘这时已经晓得女客中话说得最多的是四小姐了。

四姐佯怒说：“我们每家的床头果，本来是应该有的。现在房已闹进，另外要出一笔钱，给我们吃吃喝喝，白相白相。那面亲家太太总晓得这个规矩。你说预备多少吧？”

阿刘先是担心。这时听他们开口讲价，大家斯斯文文，并没有什么行动，以为究竟是上海地方，文明结婚就斯文多了，不会像她在宁波城里闹进新房那样的野蛮，当然很容易也很快就可以把数目讲定了。所以她回答四姐：“这位是四姑太太吧？那面太太虽然也喜欢热热闹闹，大家分分床头果之外，再吃一顿。不过数目太大了，我也不便做主。四姑太太是明谅人，你看四担床头果分送各位外甥少爷、小姐之外，再析一百现洋请各位吃一顿，好不好？”

大家听了，众口一词，表示不满意，吵起来：“一百块！亏你说得出口。哪个要你一百块！我们这里几十个人呢！一百块够吃几顿？你以前有没有做过陪嫁？房闹进了，会有这个小数目吗？”

阿刘被众人说得两颊也起了红云。她连忙又赔笑说：“这数目并不少了。各位想想，再多是不是使我为难？我对那面太太怎么讲得出口呢！”

大家对一百这数目都不满意，因为离他们的目的太远了。他们晓得口说没有用，非要以行动来表示不可。于是三姐领头，打开了衣橱，在每个衣层角落搜寻起来。从衣橱搜到五斗柜的抽屉。再摸索到床褥子下面和床底下。分工合作，一个个在乱翻瞎找。又说：“总在这间房里。等首饰拿到手，数目可随我们说了。如果不照我们的数目，不用想还首饰，明朝新娘子光着头也不必想回门。”

我觉得他们把我的东西那么乱翻，真是做梦也不会想到的情形。我除了觉得委屈之外，气愤非常。恐惧的心倒减少了。只想着，他们会不会想到在阿姆的房里？万一被他们寻着，不晓得会说出一个怎样的数目来。

仲文和我在沙发上并坐看。他先还装着笑容，听阿刘在应付。他虽然料想到这班人会闹进房来，但他也想不到他们进来之后竟是如此的野蛮！他看他们男女一致行动把东西翻得乱七八糟，他也生气了，可并没有开口说一句话。笑容自然是装不出来了。

这时四姐在仲文旁边的书桌小抽屉里，寻着了红缎钥匙包。大家就一齐说："首饰一定是在箱子底里。那个力气大，把箱子抬下来，看过明白。"

仲文听见了，他有点冲动，立起身来，一把将钥匙包抢到手中紧紧地握着。他明知首饰不在箱子里，他气极，发火了，忍无可忍，不愿意他们再去翻箱子，所以也以行动来表示他的反感。

众人因为他抢钥匙包，就证明了首饰是在箱子里。马上三四个人一拥上前，就围着他抢夺。四姐夫说："小连！要你面红筋赤的发急，做什么？刚刚做了一天房长，就卫护新娘子起来了。"四姐随着她丈夫的口气，也挖苦他："小连！急形急状真难看。又不要你出钱，要你着急做什么？也不怕难为情！我们敲到了新娘子的钱又不是一人入袋，还不是大家一起吃、玩、白相。从来也没有看见过做新郎的人，像你这样发急不写意。谁叫你没有防备好，会让我们进来呢！"你一句她一句的逗他挖苦他。我偷眼看他额角上的青筋暴露着，咬着牙在争夺。但他一人那里挡得住众人之力。在又推、又拉、又抢的情形下，钥匙包早已拉开。新的、锋利的、黄铜锁的钥匙，已经被人夺去。仲文的手被刮破了皮，血一滴滴流出来，也没有一个人理会他。

拿到了钥匙，大家一哄到箱子旁。三姐夫又自告勇奋的向大家说:“哪个帮我把箱子抬下来,放平在地上,我们可以仔细搜寻。”于是男的抬箱子,女的一只一只地开箱子,像盗劫似的从头翻到底。

大家全神在翻箱子,在沙发上呆坐着的我们两人倒没有人注意了。仲文皱着眉,板着脸,把流血的手指含在口里吸着。

这时候我动心了,我对他也自然地有情了。这情形,不一定是男女的爱情,说是一种关切之情,比较恰当些。因为我看这房间里所有的人,也就是张家的人,都是这样欺负戏弄我,只有仲文一人是向着我,也帮着我的。他现在为我的东西抢钥匙而流了血,我觉得不安抱歉。我不知不觉地以关切和感激的目光望着他。他看到了,低声对我说:“不要紧,只刮破了皮。”

四姐夫忽然听见了,赶过来伸手指着仲文的脸说:“小连!你真不怕难为情!好像我们都欺负你的……

“刮破了点皮,有什么要紧,谁叫你抢钥匙的?这时候卿卿我我,对新娘子作娇呢!看你今夜板得下脸来!你们!看他这气呼呼的样子,顶好我们快快都走,他好向新娘子亲热,真是老面皮。”

我听了,虽然他说的是仲文,但不平的愤火燃烧着全身。心里想:“你们太欺负人了!深更半夜跳窗进来,像强盗一样的乱翻东西,把人家的手都弄出血来了,也不看一眼,问一声。这是自己人吗?还算文明新派人家!我恨死你们。”

六只皮箱，四只皮包都翻遍了，当然没有他们的目的物在内。他们失望了，忙忙就把衣物乱塞还箱子里。大家都奇怪怀疑："这些首饰究竟藏在什么地方呢？"他们有点下不来台的神情。

有人说："这间新房里都寻遍了，又不是绣花针，会寻不着！大概是藏在别处，不在这间房里。"忽然有位亲戚说："会不会老太太戴羊角？（戴羊角，是闹新房的时候，做父母的偏向儿媳袒护之意）首饰藏在老太太的房间里？"

这句话提醒了众人。三姐四姐立刻出房，到两位老人家的房里去搜寻。很快的，她们笑嘻嘻，兴冲冲，手里捧了目的物进来。他们又一次胜利了。我们垂头丧气地失了色！

阿刘也感到懊伤又做错了。一切都失败，只好由人家开口，谈到价钱了。

他们交头接耳私语之后，四姐开口讨价，对阿刘说："拿三千元来换这些首饰，早点答应，我们可以早点走。这个价钱，是十分公道的。晓得吗？"

这数目不但使阿刘吃了一惊，一时呆住，还不出价来，我很惊慌，也很着急。因为我晓得当天晚上请我们的鱼翅全席，也不过二十块钱一桌。这些日子，先施、永安、两公司还有银楼会出入多次，二千块钱可以买只很大的钻戒指了。怎么可以竹杠敲得这样大！

"你们都同强盗一样，太欺负人！凭什么理由，男家可以有这样闹房的行动，硬要女家拿出这样大数目的钱来？我讨厌你们,恨死你们。”我两手出着汗,紧握着,脚踢着地毡。心里尽管如此愤恨,但是哪里敢出声呢!

阿刘考虑了一下说:“啊呀,可把我吓煞了!这个数目我从生出以来也没有听见过。各位老爷、太太,这个数目真叫我为难了。明朝我怎么能对那面太太说呢!各位是同我开开玩笑吧?”

众人齐声说:“哪个半夜三更有工夫同你开玩笑!你怎么会头顶着后面的门睡着了?你要是爬到房子上面头顶着小窗,三姑爷就进不来了。就是他推窗,把你也一同推下地去,仍旧算你有本领防备着这扇窗。现在你连我们从哪里进来都不晓得,还做什么陪嫁!快快答应,时候不早啦!”

阿刘被众人说得面红耳赤,只好哀求似的说:“时候真不早啦。各位也很吃力辛苦。我实在不敢还价,也不便做主。请各位原谅我,可怜我。说一个我可以做主答应的数目,大家也可以安歇。”

他们出口的二千元,原是讨价,预备阿刘立刻还价的。现在阿刘因数目太大而还不出口,他们当然也明白再僵持下去没意思,也没法下台。于是就把口气改变,由四姐夫打圆场,对阿刘说:“讨价由我们,还价由你。你倒说一个,你可以做主的数目,给我听听。”

阿刘赶紧说:“四姑爷是明白人,一定体谅我做下人的。这数目我没有听见过,真不敢还。请四姑爷做主,代我说一个公道的数目吧!”四姐夫耸耸肩说:“你不要花言巧语,灌我迷汤。我是代表大家的意思，早讲好早散。你尽管还我听听，我可以做主，两方面调解。”

阿刘说：“我实在不敢说还价。我可以做主顶多二百块钱，大家热闹热闹，好不好？”

哄一声，一片讥笑不满的口气：“亏你说得出口！还是个惯常陪嫁的。好不识相！我们这么许多人费心费力，这二天起早落夜的辛苦——二百块怎样派用场？真是笑话了！”

我听着真是急呀！这二百块不能说少了。十个人坐一桌，顶好的菜，有一百个人可请了。再向母亲要这二百元额外的负担，我多不安多难过。哪个要你们起早落夜地闹，累死了也活该！我也不晓得我这些首饰值多少钱。我不要了，你们拿去、抢去、分了吧！

磨了好一会，他们减到一千块。阿刘加到三百块。彼此相差仍旧很远。阿刘不敢再加，他们不肯再减，忽软忽硬，谈判僵持着，总没有结果。

我听着想着，母亲给我一千六百元，再加祖父送我的四百元，见面钱不算，我手里有这整数二千元了。我如果可以参加这个谈判，我一气一火，就会再加他们二百，凑成五百的整数，该差不多少。但我是新娘子，今天任何事也不能开口，何况是闹新房，向我敲竹杠的事情。我看着仲文，他僵着，呆着，气着，脸板着，束手无策，也是一言不发。这时使我明白一件事。我想：“他自己手里此时一定没有钱。如果有的话，讲到现在这个三百与一千之间的数目，他一定会仗义说出一个数目来，替我解决这件事的。”

救兵来了，老房里的女佣阿胡进来打圆场了。她是奉命而来的。她说：“老爷，太太都听见，没有睡着。现在天快亮了，姑爷、小姐们也吃力了。老爷、太太的意思已经闹了一日一夜了，可以休息了。”她又转向阿刘说：“阿刘姐，你就代那面亲家太太做主，再加点，欢欢喜喜，由老爷、太太做主，请大家散了吧！”

大家本来是闹够了，已很疲倦，正僵着没法下台，听见阿胡进来传令，正好适可而止。就齐声说：“阿爸、阿姆既戴羊角，我们只好算了，便宜了小连。但三百元无论论如何不够，再加点首饰马上还你。”

又经过了一番口舌，阿刘加到四百元，总算满意答应了。条件是阿胡代表二老作保，首饰当时就还，款子第二日送来。外加六色四担床头果。黑枣嵌胡桃，要去皮的。另外还要桂圆嵌胡桃。四姐说：“我们是雷声大雨点小。辛辛苦苦，吃吃力力，只敲到四百元。你当面点清，看看房间里没有少东西吧！”

三姐夫说：“小连，对不起，惊吵了你一夜。明朝拿到了钱，我们请新郎新娘到大华饭店茶舞。今夜参加闹房的人都去。我去订座。”

他们大家实在是也累了，打着哈欠，脸上挂着疲倦又得意的笑容，一哄而出。仲文和我强作平静，挤出一丝笑容来，默默地送他们到楼梯口。阿刘再三赔笑：“真真对不起。怠慢了姑老爷、姑太太。明朝请过来再热闹。”四姐夫打着哈哈说：“天亮了，还明朝呢！嘴巴讲燥，要去睡觉了。你请我也没工夫来呢。现在你们可以放心，你再头顶着门去睡吧！”

天真亮了。街上垃圾车的声音已经听闻得到。新房里像抢劫过一样的凌乱。茶杯，烟灰，瓜子，花生，糖纸——满桌满地。阿胡进来相帮打扫。阿刘悄悄地在我耳边说：“她就是太太身边的老佣人，将来要她帮忙的地方很多。现在另外再给她一包喜封好不好？”我当然暗暗点头同意。喜封包分一块、二块、四块三种，是祖母交给阿刘代我付，临时应用的。这时给阿胡的当然是最多四块的一包。

阿胡拿到了封包，笑对我们说：“谢谢二少爷、二少奶。三姑爷、四姑爷真是会闹。一点钟时，一大群人从这里出去。……下面把前后门都上栓了。原来他们没有回自己的家，都聚在附近的大小姐家里等着。时候到了，是三姑爷先从厨房打碎一块玻璃，跳窗进来，再开了后门放大家进来的。真想不到他们安排得那么周到。事实我们真一点也不晓得。”她又关照：“老爷太太常是九点起来的。现在一夜没睡，一定会起得晏些。二少奶可以不必起得太早，现在可以放心安歇了。明朝端茶，到了时候，我会关照刘姐的。”

因为这一夜的恶作剧，倒把仲文和我之间的陌生距离拉近了。在阿胡阿刘退出后，我们同时叹了一口气。我们都感到难关已过，劫后余生似的松弛下来的疲倦。

仲文走过来，扶着我的肩头说：“现在可以放心脱衣脱鞋

婚后的第一天

新婚的小夫妻

上床了，还有二三个钟头可以休息。”我没动，也没响。他又说：“今夜是我不好。那么一个大漏洞，会没留心想到。如果想到摸着了插梢，有了防备，他们进不来，也白起劲。”

我突然转过身去向着他，一头靠在他的肩上，像孩子一样哇一声低低的哭起来，把这一天一夜所受的委屈同气愤，都从眼泪中发泄出来。

仲文大概是第一次看到一个女人靠近他哭得那么伤心。他有点惊慌，两手松松围着我，安慰我说：“他们真闹得太过分，不像样，岂有此理。我也气极了！”我想到他今天同我一样在过难关，他受他姐姐、姐夫的挖苦话，比我还多。他不是小滑头，他是好人。

我哭着轻轻说：“我要报仇。”他含笑回答：“当然我们要报仇。下回大哥和三弟结婚，我也要想尽方法去闹他们的新房。”

两年后，时代情形都不同，全改变了！人家是自由恋爱的婚姻，不在乎，自然也没有闹房的恶习。我们在二十世纪是落伍的人，这个仇还向谁身上去报？

仲文补记

这篇纪实，是雅南十一年前写的，所以题目是“四十年前的婚姻”。以前我曾经有意思写“五十年前的婚姻”，想再从我的角度，来叙述我们婚姻的经过。可是一再拖延，去年是我们

金婚纪念，还不曾动笔，现在突遭变故，我伤感之下，更没有心绪重提旧事了。（一九七七年四月）

二、中篇小说

徐公馆

编者按：这是一部翁雅南根据自己在夫家张公馆的亲身生活经历所撰写的纪实体小说。"徐公馆"实为张公馆，"二少奶"即作者本人。

（一）

徐公馆在抗战时期，人口已经减少很多，中间一代少壮的前前后后都去了重庆，留在上海的都是老少妇孺。现在还有十位主人，九个男女佣人，和一个裁缝。

"非常时期要节省呀！有出无入不能像从前那样用呀！"从抗战开始，徐公馆就在喊这个口号，但这么多人的一个大公馆，什么事都有个老规矩，谁也不肯受点儿委屈。从哪儿省起？怎么缩小范围才能节省开支？当家人徐老太太真操心为难了。

老太爷与老太太

三年苦撑过去，徐公馆由口号到实行决心非紧缩不可了。徐老太爷卖去了汉口的一所房子，把款子交给老太太全权支配运用。老太太考虑了一夜，就托自己亲信把款子购入一些热门股票和几条金子。她暗暗心里计算一下：这个仗倘使再打三年，这笔款子恐怕是维持不过去的，除非是股票、黄金飞涨，而物价不动，但不可能，所以非节省不可。

太平洋战争开始，徐公馆大房、二房两所小洋房出租，都归并合住到大房子去。所谓大房子就是老宅，徐老太爷在抗战之前造了一大两小并排的三所洋房，红砖围墙打在一起，大门只有一个。两所小的房子给了长次已经成家立业的两个儿子住，这样既分开伙食，饭后儿孙又方便聚住一起，是那个时代理想又自由的大家庭。

本来一共有十五个佣人，现在减到九个，上下全感到委屈了。裁缝师傅起先列为被裁之一，后来因为男佣人太少，开关大门不方便，才留下这个裁缝师傅，住到那一间大门旁边，以前是印度巡捕守门休息的小房间，现在搭了铺板，摆了裁缝桌，好像徐公馆开了裁缝店了。

（二）

照说既没有对外的应酬，又不结交新贵送往迎来，关门守过日子，有九个佣人和一个裁缝，服侍十位主人，应该舒舒服服空闲消停了。但事实不然，徐公馆的男女佣人个个怨声不已，人人比以前更忙也更乱，一片喊苦煞委屈之声。但有一个

留守公馆的十位主人：后排右起二少奶、二少爷、老太爷、老太太，前排左二为七小姐，其余为三位孙少爷和两位孙小姐

大家都有的信心就是："仗总有一天会打完，天会亮的，太平日子还会有的。"

裁缝师傅说："以前我一天可以做件袍子，现在至少要做一天半。刚在穿针线，有人敲门了。熨斗刚烧旺，又有人来了，一天到晚开门关门要几十趟，弄得我领圈开歪，引线也找不着，心慌意乱，活儿怎么做得好？"

下灶现在兼差做了出街买东西付账的打杂。他有一辆自行车，从下午出发，要骑到开晚饭才能回来。本公馆的事之外，他还得为四位已经出嫁的小姐服务，因为她们都没有男佣人。

四位小姐轮流着隔天回娘家来。大小姐来了找信差说："信差呀！（非常时期他改名就叫信差了）你出去时，顺便给我到外滩付电灯账，回来经过水果店，枇杷上市了，要是好，给我带一篓子。"

二小姐来了说："我看见今天报上登着永安公司的粗肥皂大减价，每个人限买一条。信差，你从外滩回来给我去排一次班，买一条。"

二小姐在电话中告诉了三小姐这个消息，于是三小姐要信差听电话。"信差呀，你可以多排一次班，给二小姐买好再给我买一条，买了你给我送过来，我等着用呢。"

四小姐自己常上百货公司买东西，所以很少支使信差。但有时也会说："顺便的，给我把自来水账去付了吧！"

每天自行车骑得筋疲力尽的信差，在厨房里骂"从外滩骑到忆定盘路，买了还得给她送去，全上海都快跑遍了。我就不知这几个小姐脑子里都怎么想的，花花样样想出来差我，又口口声声说是顺路顺便。老太太还怪我差出去就一下午不回来，没听到四个小姐轮流的给我好差事。"

（三）

老陈妈快六十岁了。她在徐公馆已经有二十多年，五少爷是她带大的。她本来是被遣散返乡的佣人之一，但她会做一手好点心和几样素菜。老太太说："别的可以省，每天的点心和添菜是不能省的。"于是老陈妈被留下。

老陈妈不但能做点心，她还晓得公馆里所有主人的食谱。老太爷的口味喜欢咸，老太太吃得特别甜；大小姐要吃烤的葱烧鲫鱼，二小姐喜欢她烧的油焖冬笋。四位小姐分两班来陪老太爷打麻将，晚上必有添菜。老陈妈也觉得自己十分得力，不是闲着老而无用，每天必需她添一二个菜和做点心。

阿巧是老陈妈从乡下带出来的亲戚，她十三岁进徐公馆，如今已是五六年了。她进徐公馆的时候，老太爷已经退休，接着抗日战争开始，所以她没有看见过徐公馆的兴旺时期。

当初老陈妈几次回乡修屋、买地、做坟，村里人都非常羡慕，全晓得她在徐公馆赚了钱回来的。所以阿巧的父母把女儿托她带出来，希望在上海大城市、大公馆多赚些钱回来养家。谁知道阿巧运气不好，自从进入徐公馆，她每天听到的就是："非常时期要节省呀！厨房早点封火，随手关电灯呀！"

钞票贬值，物价飞涨，不但没有多余的钱寄给父母，她自己想添置几件新衣也不容易。她的工作比以前更忙更多，一天要跑几十趟楼梯，老太爷、老太太少不了她这样一个亲身服侍的年轻人。有时候她实在跑累了，也怨烦了，在厨房里发脾气摔东西，大骂发泄，或是踢这踩那，把油箱也踢翻出怨气。其他佣人虽然看见，全不便也不敢出声，因阿巧虽年轻，但她是上一代的近身佣人。只有老陈妈看不过去，有资格要说她几句："现在是非常时期，苦一点也应该。你这样糟蹋主人家东西，没有良心，当心雷劈你。"阿巧立刻回嘴："你有良心，你们老佣人都有良心，你们以前赚饱了，在乡下修屋、买田、娶媳妇、嫁女，还有钱做坟。我到这公馆五六年了，有什么好处？你们大家看！我这双手，老太太每天早上要滚烫的热水擦背，哪个能绞那么热的毛巾把？你们看看我这件棉袄袖子上的补丁，已经补了第三次了。还说我没良心，雷才不会打我呢！"她边说边流泪，觉得痛苦万分，最后索性放声大哭。老太太在楼上虽然听见，但也没有办法。她说的是真情实话，同情她的人很多。

阿金是大少奶的老佣人。大少奶追随丈夫到内地去了，两个十多岁的儿子留在上海读初中。老太爷、老太太当然愿意孙子留在身边，不愿他们到内地去吃苦。阿金服侍着两位孙少爷，她时时感觉到自己的主人远去内地，她要为主人尽忠心，要照应保护小主人，所以她常常为两位孙少爷争吃争穿，同时又觉得自己孤独委屈，太可怜了。

阿菊是服侍二位小姐的。徐公馆一共有十位小姐，眼前还有两位家中待嫁。七小姐大学毕业后因身体不好，在家休养了一年，后来身体复原，想到内地去，老太太不放心，七小姐自己也怕身体吃不消，没有决心离开这个舒服又温暖的家，于是就在一间股票公司做事消遣。

十小姐大学刚毕业，在作小学教员。两位小姐早出，下午回来，所以阿胡的工作最轻松空闲了。她除了洗两位小姐的衣服同打扫两间卧室外，有的是自由空荡的时间，于是各房各人的琐碎小事，都被她看在眼里记在心中。她常常以打抱不平的口吻偷偷告诉阿金说："二少奶昨天买回来一大包饼干，好像还有蛋糕哩！他们在三楼偷偷吃，也不分一点给你们，她也算是当家人呀！这样不公平，钱都当到她房里去了。"

阿金听了，激动了她的忠心，马上眼泪直流，一刻也不能等待，三脚两步走到中间的起坐间，一状就告到老太太面前："老太太！两个孙少爷放学回来没有零碎东西吃，晚饭要等麻将又太迟，有时饿过头反而吃不下了。三层楼他们全吃饱了不在乎。老太太，可不可以另外给我一份钱？随时我可以给孙少爷买他们想吃的糕饼。"

老太太手拿佛珠，心里在思索适当的话语。沉默了一会儿，她慢吞吞地回答："何至于饿过头，放学回来不是吃过点心了吗？"停一停她口气加重些说："各房归各房，你大少奶去时，两个孩子的用途是交给我，不是交给二少奶的，这你要弄清楚。因为钞票不值钱，我换了些金子。既然他们下午要吃些零食，也不是什么大不了的事，明天我托人去换掉一两金子好了。你不要样样和二少奶房里去比，各人用各人自己的，住在一家不可以这样多心瞎吵，明天交给你钞票去买好了。”

阿金这时才知道原来大少奶有钱交给老太太，而没有交给她。但她气犹未平，老太太口气一点也不帮她。她眼泪汪汪地从二楼哭到厨房：“这个短命的仗不晓得那一天才会打完，打完了仗大少爷、大少奶就可以回来了。没有爹娘的孩子真可怜呀！我又不识字，要是会写信，我就一长一短写信告诉大少奶去了。”

（四）

四十一年夏天，大少奶和二少奶相商，她不久要去内地看丈夫，因为有许多事非她去安排不可。预算半年之后回来，把两个孩子交给祖母，让出这宅小房子交还两位老人家去出租生利，将来回来就同住在大房子，彼此有照应。等打完仗，看情形再做别的计划。当时二少奶也很赞成这个办法，因为二少爷虽然目前因职责关系常在沪、渝、港三地来回往返，但总机构已迁至重庆，迟早要到内地去的。趁大房子合并，都出卖饭间、客堂家具，也合并住到大房子去，三家合一家，以求节省。两位老人当然赞成，而且非常高兴，因为二楼、三楼正有四五间大房空着，二老之外只有两位小姐了。现在大房、二房能自动住进去，正是求之不得的事，小房子既可生利，大房子里又可增加热闹。

大少奶(左)与二少奶

大少奶是非常周到的人,在临行之前,曾和二少奶相商会谈,关于日常开支,两房平日该用多少,仍以原数每月交给老太太去支配运用,各房的零用自己安排,各不相扰。谁知大少奶离家后不久,太平洋战事发动,一切改变,她回不来,只好随丈夫在内地了。

二少奶搬入大房子三层楼的那个晚上,夫妇俩商量好,将一个月的开销交给老太太,以后随着物价每个月再增加。二少奶对丈夫说:“你拿下去吧!我不会讲话,叫我怎么开口呢?”二少爷说:“这种事哪有我去说的道理!当然要你拿下去。你就对阿姆说,这是我们的开销,住进来哪有吃长辈的道理!阿姆大概不会说什么,你就上来好了。”二少奶很为难地说:“我最怕讲这种事情,我讲不好,这种事情似乎是你们母子去谈合适些。”二少爷推着妻子的背心说：“你去吧，就三句并一句说。这是我们的开销，阿姆不会多问的，快，快！把钞票拿下去吧。”

二少奶勉勉强强，手里握了一叠大票，慢慢地两步迈三步来到二楼中间的起坐间。她轻轻地在老太太旁边的椅子上坐下，当中隔了一只大理石面的红木茶几。老太太正在呼呼地吸水烟，茶几上放着一杯红茶，还有一本老式的账簿。

二少奶耐心的等待老太太这筒水烟吸完再开口。她心里转着：还是一面说，一面就把钞票放在茶几上？还是先说完了，再把钞票拿出来？说一句是不够的，总要有两句开场白。谁知二少奶开场白还没打好腹稿，老太太吸完烟开口了：

“你们这次搬进来同住，我和你阿爸都很高兴。我年纪大了，现在难得出去，又没有汽车，许多事实在不方便。你来了正好帮我忙，有许多事你可以在外面打听打听行情。这个仗再打下去，物价日涨夜涨，我们怎么跟得上人家……”老太太的开场白说到这里，又吸上水烟了，大概她也继续在打腹稿。

二少奶觉得不能再沉默不响了。她鼓起勇气，把手里的钞票放在老太太的茶杯旁边，低声说道：“阿姆，这是小联要我拿下来的。一切……一切请阿姆……”她犹豫着，不知怎么讲才合适得体。老太太停止了吸烟，伸手把茶几上的账簿推过去，她已经看见二少奶拿出来的钞票了。

“快拿回去！你们搬进来是一份好意，我有个帮手，小房子出租可以生利，还可以拿到一笔顶费。大家住在一起吃，怎

老太太

么可以分彼此,这不像一家人了。"老太太说着,把钞票也推了过去。

一切太出乎意外,二少奶再也想不到老太太不但不肯接受那叠钞票,还预备好一本账簿,要她来接管呢!难道老太太晓得她今晚要来谈家务?二少奶是个心思平直不善虚文,又拙于言辞的人,这时她不晓得说什么好,呆呆地愣住了。

十多年的婆媳,二少奶刚结婚时曾和大家庭同住六七年,所以老太太马上看出了媳妇的神情。她慢慢地说:"这并没有什么难管的,你不过帮我记记账,从前你也记过。你们各房自己的佣人工钱自己出,阿巧和老陈妈算是我名下的,你不必付,我自己会给。阿金的工钱我也会给,大少奶去时把两个小孩的用途全交给我了。裁缝轮流做,四个阿姐也有衣服要做,做一个月付一个月,让她们自己和裁缝师傅去接头。其余只有三个男佣人和阿胡了,这四个的工钱你可以记在账上。工钱和每天的菜钱可以看物价的情形慢慢增加,各房各人自己的添菜自己出,可以吃得自由些。每个月结一次,倘使不够告诉我,我再加,很容易,没什么为难的。"

老太太这个清清楚楚有条有理的腹稿似乎在子媳决定要搬进来之时早有了盘算。这一招完全出二少奶意料之外,她做梦也想不到老人家会要她接管账簿,她这时明白了,换一句话,就是名义上要她当这个家。这是多么复杂、人多口杂的一个大家庭呀!她深深地懊恼自动搬进来,觉得万分委屈。她急得头上冒汗,拿出了手帕擦着发脚,吞吞吐吐地说:"我,我恐怕弄不来，还是阿姆管吧！我只好跑跑外面，打听打听情形……”

老太太打定了主意的事情是改变不了的。她放下水烟筒，把账簿递到二少奶手里，十分安详安慰着说：“那么些年了，我晓得你可以管。有为难的事，随时问我好了。现在是非常时期，一切应该节省。人口已经减少了一大半，所以比从前简单多了。你放心，米、油、糖我随时会买。把账簿拿去，钱不够月底告诉我。把你的钱也收回去，你们住在一起再好也没有，要你们贴吃用，那真笑话了，你们阿爸听见要不高兴的。”

在这种情形之下，二少奶没法推辞，也不会推辞。她默默无言，委委屈屈地接收了账簿，照老太太的吩咐，收回了自己放在茶几上的钞票。她缓缓地立起来，慢慢地走出起坐间，飞快地两步并一步跑上三楼，进了自己的卧室立刻就把门关上。她几乎是颤抖着，喘着气对丈夫诉说：“怎么办？怎么好？阿姆要我当家，我们怎么会没想到？她不肯接受我们的钱，这件事情根本想不到的。你叫我怎么好？你说，你说！”

“既然阿姆这样说，你只好帮她管管了。好在眼前人不多，佣人也少，事情也许比从前简单了。何必急得这个样子！”

“你不懂，不明白，事情简单不了的。菜钱、工钱我没法可以做主，这个家要我怎么当？你不久就要去内地，叫我一个人和谁去商量？我倒霉，真后悔搬进来。大嫂倒好，去了不回来了。”

二少奶一面向丈夫诉说，一面翻开账簿，点数当中夹的钞票,数完她更呆了。原来她拿下去贴补老家的每月是五百元,现在夹在账簿中间的也是五百元,似乎这是一个最合适也最合理的数字。

“你看,五百元,上下有十九个人,工钱还是一年前的数目。我们带过来的阿史和阿李的工钱已经比这里的佣人多一倍了,这是瞒不了人的。光是这件事就要使我为难了。还有菜钱,我老早听到大厨房里怨声一片,现在接了账簿,你说明天要不要加菜钱?不加是不行的。”二少奶越说越紧张,说到后来竟委屈烦恼得伏在床上哭了起来。

“你也不要把事情看得太严重了。阿姆这三四年不同外面接触,不大明白外面行情,你能够帮帮她也好。我在离家之前,一定会里外安置好,你放胆当这个家好了。钱我也会安排好,有需要打电话给我的好朋友,他会送过来的,你不必担心。”

“你不懂,你们这些男人真是不懂!你怎么也会说叫我当家呢?无论名义上,或是实际上我都不能承认这‘当家’二字。你明不明白?这五百元恐怕半个月也用不到就没有了,我能对阿姆说钱不够吗?这道理你仔细想一想就明白了。”

“我懂了,两位老人是不愿意明着收下辈的津贴。他们希望我们住在一起,由你当家共同负担这非常时期的家用,这是对的,也是应该的。仗总有一天会打完,你就帮助阿姆辛苦些吧!等我到内地后,一切布置好会托人接你进去的。”二少爷恍然大悟,坐在床边安慰着妻子。

“你倒是说得好，你自己还没动身呢，可不晓得什么时候才能来接我。你看吧，这个家我当一个月，头就会挤扁了。我真笨，怎么就没想到，为什么自己套个圈子，自动搬进来了！”二少奶虽然怨愤委屈，但向丈夫发泄够了，也只好默默无言，勉勉强强当着这个有名无实的大家庭管家。

（五）

徐老太爷的思想新颖，性情和顺，脾气也十分好。他一共有十六个子女。他常挂在口边的话是：“积财与子孙，不如积德与子孙。子女大学毕业，我的责任已经尽了。”其实他也顾不得那许多，因为子女实在太多了。

徐老太爷对于大事情的确有坚定的主意。六十岁生日过后，他抱定宗旨，急流勇退，脱离宦海，全力贡献他一手创办起来的学校。徐老太太并不赞成丈夫那么早就退休，或许她在暗地里反对过多次，但老太爷一笑置之。家里大小事情都由老太太做主，唯有他的本身事业进退，他有自己的见解和决心，绝不受任何人的影响和劝告。

抗战前的两年老太爷就退休了，接着门厅也就冷落下来，过年过节没有人送外国糖果、香烟、花旗橘子、火腿等等名贵食物。以前来往公馆打麻将的都是些银行界人物，直接间接多少有些关系。现在谁来敷衍校长！慢慢地麻将一次次改小，牌搭子也改换了一班亲友。

这些改变，免不了使老太太心里觉得感慨和牢骚。她虽

老太爷与三位孙少爷

然很有涵养，不随便发言，但是那么一个大家庭，多年来在亲戚朋友中一向是徐公馆为主体的。现在表面上仍旧维持着原状，但处处感到拮据，事事不如人家。麻将越打越小，头钱当然也少了。佣人到处一宣传：“徐公馆一年不如一年，兴旺时期已经过去了。”

老太爷对家里的经济问题，生活情形，似乎不能体会明了。也许是人口太多，太复杂了，他索性不闻不问，一切让太太去调度安排。老太爷做官的时候以理财闻名，但他自己家庭的经济不但没有一些计划和预算，还前吃后空，搞得非常杂乱。他富裕的时候，到一处立刻置产买房子，同时随时收购古版书籍。曾有一个时期，三处有三所大洋房和一块地。在杭州山清水秀的地方筑了大坟，墓前有拜坛与很多石级，地势高，水不会进去。每年春天老太爷和老太太带了男女佣人到杭州寺院里住一个星期，一次次去欣赏自己的寿穴墓地，幻想着百年之后住进去，是多么宽敞舒服。

老太爷最拮据的时候，当地房子刚盖好，立刻抵押给银行了。

老太太是很有理智，更有涵养的人。她的主意决定，随儿女们你一句我一句去讲，绝不动摇改变。数十年来她信佛教吃长素，每天上下午两次穿了袈裟入经堂念经拜佛。她有自己的信仰和寄托，对丈夫和子女们的个性作风有相当的了解和认识。她并没有因为自己信佛去勉强别人，或整天地把菩萨挂在嘴里，要别人也相信。她很有西洋的自由思想，认为一个人天生的性格只有随其自然去发展，反对或干涉阻止反而不好，也没有用，会生恶感。也许她年轻时反对干涉过某些事而没有效，中年信佛后变得消极了，才会有这样的想法。虽然徐公馆是旧式的大家庭，但子女少奶们的起居饮食，个人的行动一向十分自由。同时两位老人家依然拥有他们的尊严，就因为他们不随便发言、干涉或唠叨的缘故。

老夫妇感情十分浓厚。老太爷经济富裕的时期当然老太太手里也富裕，她不扫兴或反对丈夫到处置产买书。她有自己的主意，同时也是她认为是她的责任。她时时不忘的是她那么多子女的婚嫁大事，媳妇要聘礼，女儿要陪嫁，所以她随时在买衣料和首饰。每天梳头的时候阅读报纸，最先注意的是百货公司和绸布庄减价的广告。衣料布匹她随时在买，一箱箱存放起来，以备嫁女之用。

徐老太太出身富家，当年有一份十分丰厚的陪嫁。她的首饰是有名的，珍珠头面有好几个，红蓝宝石的发钗、簪子、戒指、手镯也有不少。不过这些首饰在抗战前十年中陪嫁了五个女儿，聘了两房媳妇，差不多分配完了。以后她随时留意在收买小钻石，便宜货的翡翠，胸有成竹的暗中计划着，这些新的和她嫁妆的老古董混合镶起来，就是一副新式的耳环，或是一只美丽的别针了。徐公馆最兴旺的时期，楼下老太爷的书贩子，楼上老太太的卖珠宝的客人，川流不息，热闹非常。

抗战初期物价还没有大涨，徐公馆仍旧可以维持原状，但在两年中又办了三件儿女婚嫁大事，虽然在非常时期一切从简，喜酒已经改为茶点了，家里五六桌便饭还是少不了的。老太太开始感到存货所剩不多，有出无入，周转困难。她心里想，既然是非常时期，家家应该省，就不必维持原状了，下灶当了信差，裁缝做了门房，有什么关系？

（六）

二少奶自丈夫到内地去后，她没有一个人可以商量，也没有一个人她可以对着任意发泄诉苦。她异常孤独，也很消极，每天晚上将菜钱交给自己房里的老佣人阿史，由阿史交给厨子。每到月底，她去问老太太："阿姆，现在样样涨，陈家、孙家的佣人工钱已经涨到三四十块了，我们差得太多，下个月是不

二少奶(作者)

是也要加些?”老太太听了,手数佛珠很为难地回答:“我们现在不能同陈家来比了,陈家有新贵的朋友常常在打大麻将,听说输赢很大呢!头钱多,工钱也不在乎了。我正在烦呢,我们这里的麻将小得都没人来陪你阿爸打了。听阿巧说,看总弄的巡捕,他们的麻将比这里打得还大呢!这个仗不晓得哪一天打完,样样涨,房租可又有限制不能随便涨,现在两所房子租金加起来,够什么用好!你阿爸是不明白外面的行情,也不看报上的物价,只晓得一样纸的价钱,一天到晚心心念念,就想一集集印他近年来写的书。唉！我也不晓得怎么好。工钱下个月再加吧，好在都是老佣人。”

老太太以前是不会对人发牢骚的，尤其是对下辈。近年来物价涨得她心慌，虽然一手拿佛珠，安定坐着在念经，但心里想着米价连涨三天，要买进些了。又想，说不定会回跌一些，等等再买吧。她随手打开身边的收音机，正听到不断地在唱米蛀虫，听着心烦，马上关掉了。她闭上眼睛集中心思念经，可心里又想，什么时候才能六根清净呢？

糖、米、油，这三样主食是每天有行市的。徐公馆吃饭的人多，户口配给的米根本不够，加上添菜也多，所以这三样主食消耗的最多。老太太心里常惦记着这三样，只要这三样买够存足，她就能放下一半心来，好像有了糖、米、油就不会饿。其他只好过一天算一天，烦不胜烦，加不胜加，最好不要向她多提。

当二少奶第三次提出调整佣人工钱时，老太太居然答应了，因为那天她特别高兴。她托人买到了五箱生油，是人家囤着的货，因此比市场便宜。二少奶为了配合生油，也购入四十斤白糖。这一天上下皆大欢喜，佣人们拿到了工钱，马上去买鞋、肥皂、毛巾、洋烛。钞票过夜会贬值，手里握着实物安心些。

老太太虽然把账簿交给了二少奶，但心里明白二少奶是不会全盘做主的。她更明白二少奶从来没有说过钱不够的话。每到月底，二少奶把账簿拿给她过目总是刚刚正好。她自动调整两次，把五百元增加到一千元，月底二少奶拿下来的账簿还是刚正好。

（七）

徐公馆每年有三件大事，最忙碌也最伤脑筋，就是老太爷和老太太的两个生日和过年。数十年如一日，即使在非常时期，也不能例外。

四位嫁出的小姐一向以娘家为主体，她们很孝顺父母，都希望父母的生日和过年能多热闹几天，吃十多桌。她们每天可以来助兴凑热闹，因为她们的小家庭没有公婆长辈，子女全长大了，有的是功夫，每天可以回娘家来。她们说："阿爸、阿姆年纪这样大了，生日怎么可以冷冷清清过去！现在那些新贵生日吃几十桌，还有名伶唱堂会呢！阿爸这几年在家苦守，也太委屈了。生日自己人总要热热闹闹，陈家孙家两家一定要来的。"

四位小姐表面上是说服母亲，不要为了省钱不给父亲做生日。她们隔天轮流向母亲提示着各人自己的意思，似乎希望二嫂一口答应下来，照着她们的意思去办。她们对麻将、扑克、牌九都有兴趣。她们要娘家过得像从前一样兴兴旺旺，热热闹闹。她们要凑父亲的兴趣，平日已经够冷落了，生日如果不热闹一下，对老人的精神、身体都不好。她们都会出主意为父亲着想，似乎从来没有体会到老母维持这个家的困难。

二少奶有时也在起坐间听到姐姐们的意思，只好一声不响看着老太太的神情颜色。老太太心中有数，由着她们出主意，由着她们讲，不加赞成，也不加反对，口中念着佛静静地听着。等女儿们走了，起坐间里只剩下婆媳二人，她开口了：

“做生，做生，哪有这样容易！东西隔夜在涨，她们不是不晓得。去年你阿爸生日，暖寿又是余兴，三天吃了十多桌，还说菜不像样。我换掉二两金子还不够，何苦呢！真是糟蹋罪过。我本来打算今年决定不做生了，但是你阿爸是喜欢热闹的，听了她们你一句我一句，似乎非做不可，他自己也在计算人数哩。他哪里会算得出来！你四姐到陈家去一宣传，又招来许多人。我真不懂她们在这样难过日子的非常时期，不在家静静坐着，还这样喜欢起哄排场。二姐常去孙家，四姐不断和陈家往来，传来传去，比吃比赌。我老早明白，我们比不上人家了。我不要听，她们来了，非讲陈家孙家不可，实在自说自话有点烦。”老太太近来和二少奶很接近。大概因为二少奶老实，不表功，不出主意的缘故。陈家是徐家的表亲，孙家也沾点亲戚关系，多年来也就是徐陈孙这三家往来最密切了。

老太太的生日和老太爷相差一个月。往年老太太自己生日，打定主意由家里厨子做的素席招待客人。她有三个理由：一、不愿为了生日杀生；二、素菜究竟比荤菜便宜；三、亲戚们知道是素菜，多半是来拜了寿吃了点心就走了，晚饭可以少开两桌。

这次老太太因为女儿们的主意太多，把她惹烦了，还有她手里的股票数月来呆住不动，而主食米、油、糖狂涨，令她有些发慌，曾亲自到楼下的主食储藏室巡视一番，惊愕不已。她心里想，上个月进的主食，本预算可吃三个月的存货，只过了一个月，满缸的白糖只有浅浅的半缸了。每天再喊要节省，难道一个也不听！她漫步走上楼，下了决心，自己的生日用不着别人出主意，自己来安排，即使是素席也不要做了。因为素菜用的油和糖比荤菜还要多。打定了主意，她吩咐阿巧："去请二少奶下来一趟。"

二少奶正在为难。老太太生日快要到了，四位姐姐提过多次，而且是在陪老太爷打麻将的时候提的。老太爷听了笑笑不响，二少奶只好推说："一切照阿姆的意思去做。阿姆还没说，我也不好先出主意。"

二少奶来到二楼起坐间，老太太就说："我打定主意了。初八那天我想买一担螺蛳二十只乌龟去放生，比瞎吃几桌总有道理。这是我自己的事，也是我的心愿，我会关照信差去买去放的。你打电话告诉四个阿姐，叫她们通知陈家、孙家，关照他们初八千万不要来，非常时期我怕烦，我不要做生日。等天亮了，大家都回来再做。我要静静地过生日，外甥们也不必来，我不会在家。我想出去看次话剧，你看看报上哪家话剧好？"二少奶听了很开心，一切不必为难了，完全是老太太自己的意思。她翻开报纸念着："有《文天祥》《北京人》《秋海棠》这三部话剧都不错，路也不太远，我们可以叫三轮车去。"老太太说："《文天祥》当然是历史戏，一大群古装的男人没有什么好看。《北京人》不晓得是什么戏？《秋海棠》这个名字很好听，一定有女人。看话剧女主角要是不好看就没意思了。”二少奶连忙回答:“《秋海棠》这个故事我晓得,有两个女主角,不晓得是不是一个人演,还有几句京戏呢!听说场场满座,已经演了一个多月了。我会叫信差先去买票。”说完她很轻松地快步跑上三楼,打电话通知四个姐姐。

到了晚上,大小姐电话来了,指名要和二少奶讲话:“二嫂,我们四姐妹商量过了。阿姆生日我们如果一个也不到,也太冷清说不过去了。下午你陪阿姆去看话剧,现在阿姆难得出去散散心也好。但是晚饭总要吃的吧?饭菜你添一只素菜,一碗荤汤,我们四姐妹一人带一只菜,就有二荤二素,像上回那样的蝴蝶菜,各家有各家的味道,算我们合请阿爸阿姆好了,省得阿姆操心……就这样定了,我们来吃晚饭。”大小姐是以大姐的身份吩咐弟媳妇的,二少奶除了哦哦之外,没有别的可说,也没时间问她们会带些什么菜来,因为大小姐关照完事,电话已经挂上了。二少奶猜想,姐姐们要她预备一碗荤汤,那就是一大碗鸡汤,又要杀生了,这件事讨好了姐姐们,老太太心里一定不愿意。考虑了半夜,她只好关照厨子,买了活鸡,在外面杀好了再拿回家烧汤。不然的话,一面买螺蛳、乌龟放生,一面在厨房咯咯杀鸡,太不通,不像样了。

老太太生日那天,上午徐公馆的下辈向她磕头拜寿,中饭全是素菜,但小碟子有肉松、鱼松,当中一碗素汤,除了老太太喝了几口,没有一个人去尝一下。老太太忍不住说:“就吃一顿素菜,看你们就咽不下去了。真是难呀!”她回头吩咐阿巧:

"老太爷没有动过,快叫厨子炸两块白咸鱼吧!"

下午老太太和二少奶同坐一辆三轮车,先到永安公司百货部买东西,她亲眼看见物价这样高,没有一件买得下手,捏捏放放之后买了一瓶新出的百乐腐乳。这腐乳的广告做得很大,她不但在报纸上看见过,每天在收音机里也不断听到。好在腐乳的价钱究竟有限,她决心买了。

二少奶捧了腐乳瓶,扶着老太太,又叫三轮车到卡尔登看《秋海棠》。老太太真想不到在这非常时期戏院竟会满座。在回家的路上,她对二少奶说:"像今天这样过生日才好,省钱又省力,可惜你阿爸不肯像我这样。报上登着,下个月金少山要来了。他要是肯听我的话,他生日那天你陪他去看场大戏多好!不过他就是肯,你四个阿姐横讲直讲,非要又吃又赌不可的。"二少奶听了,不便多语只好不响。

二少奶刚回到三楼,阿巧悄悄地跟进来了。她做了个怪模样说:"四位小姐早来了,都在这里吃点心的。陈家也有二位少爷来拜寿,一桌牌早已打了起来。二小姐四小姐拿来的菜,盘子很大也装得很满。三小姐烧饭娘姨走了,她拿来的一小盘熏鱼,只有十来块,大概是老大房买的。大小姐的一只素菜只有那么大(她用手比画着),大姑爷和二位外甥小姐也来了,他们自己来了四个人,就拿来那么一点点菜,还说是蝴蝶,自己吃自己的。我和阿陈妈算算,今夜有二十个人吃饭,要摆两个圆桌,菜不够,没法子分两碗,厨子也不高兴管了,他说:二少奶要我做得是全鸡,怎么能切开分两碗呢?你们不是说四位小姐请老太太、老太爷，有菜拿来吗？临时又来了这么多人，要我怎么变得出戏法？阿陈妈急煞了，要二少奶想办法，今朝老太太生日，不好再让她烦心。”

二少奶听着想了想，要现添菜是来不及了。她关照阿巧：“摆一只圆台，一桌中国菜，有荤有素。另一桌算外国菜，给外甥小姐小孩子们坐。”又交给阿巧几张钞票，“你把这钱交给裁缝师傅，等一会店里有东西送来，叫他付一付。路近，东西送到后是热的，你马上关照厨房开饭好了。”阿巧下去，二少奶立刻打电话到沙利文，要两只大号 chicken pie，两打总会三明治，要热的，八点钟以前要送到。

当晚吃得皆大欢喜，因为大家好久没有吃到这些外国东西了。老太太吃着大女儿拿来的素菜，并没有问这些东西是哪儿来的，鸡是不是在家里杀的，饭桌上众人面前她绝不多问多讲，可能夜深人散，她要向阿巧问个明白哩！

（八）

徐老太爷上午在书房里著作，只有下午的十六圈是他唯一的消遣。几年来关门自守，麻将的输赢，和佣人的工钱的比例，一样随着纸币跌价，打到抗战末期，外人听了都觉得可笑。很少亲友肯做搭子，来陪老太爷打十六圈了。

有半个月没有麻将，连老太太也觉得日子过得太消沉苦闷了。四位小姐觉得老父整天伏案写作，对身体精神都不好，于是姐妹会商后列了一张表，经常是两位小姐隔天轮一班。

老太爷和二少奶是固定有牌打的，如果二少奶有事缺席，先要向姐姐们说明，另找替身。小姐们自己有事，也要在亲友中把代替的人找来。这样安排妥当，天天有麻将，好像日子过得快，比较有调剂，有生气。

麻将打得小，头钱自然也少。老太太要运用这微乎其微的头钱，晚饭需要添菜，牌桌旁的零食已经从水果糖降到一盘花生米。先是每月发给佣人一次，后来改成半个月，再改到一个星期分一次。佣人拿到的头钱，也只能买到一些洋烛、粗肥皂，或是一包洋火了。

麻将虽小，徐公馆的生活习惯是改不了的。派头一络，什么都和从前一样。没有一样可以省，能够减少。下午入局之前当然先吃点心，本来姑爷、小姐们来了也要吃点心的，而且徐公馆的点心是流水席式的，来一个开一次，从四点多吃到六点多才停止收去。不管甜咸，非要有四五个佐点心的冷盘不可。前前后后的人来，冷盘的菜不断在增加，三四个放脚的女佣人噔噔上，又噔噔下，比开饭忙的时间还长久，因为徐公馆在非常时期，把楼下的饭厅当作油、米、糖、肥皂、洋烛……的储藏室，每天二餐饭，一顿点心改在二楼的起坐间，省得老太爷老太太走楼梯。

麻将旁的零食虽然只有花生米一样，但茶分红绿，稍微冷一点，就连声大喊阿巧来换。热天手巾把，冬天小姐、少奶奶们不停地换热水袋，开水是不能一刻断的。饭后的水果是助消化，通顺大便，又怎么可以省！厨房里怨声一片，都在说：

“麻雀虽小五脏俱全，打这么小的麻将，还有那么多排场，打七天，忙七个下午，只买到手这一点日用品。价格虽然在涨，能不能脱手还不晓得呢。”

（九）

现在老太太唯一的希望是有红帖子来请老太爷去证婚，因为证婚后多少可以收到一份礼物。证婚完全是人情，没政治，所以老太爷有请必答应。一则在家实在太苦闷了，有机会到外面去看看也好；二则是老妻所希望的，给人家证了婚，收份礼物，非不义之财，也无损于人。

每次老太爷去证婚，家里男佣人少，只有信差当差了。信差也觉得自己在非常时期运气不错，步步上升为给老太爷随身拿旱烟筒的亲随了。信差不但名义上升级，实际上也得了不少好处，因为老太爷证一次婚，他拿到的赏钱封比在徐公馆辛苦骑车一个月的工钱还多。拿到钱，他马上去买新鞋、新袜或者布。老太爷一年证四五次婚，信差的新行头蓝布长衫、棉袍裤褂都添置上了，大家叫他徐公馆的新贵。身份不同了，长袍阶级怎肯骑自行车东跑西走？不但四个小姐再支使他不动，连二少奶差他也得付他电车钱了。

那个时期证婚人的礼物，重的是黑马褂蓝缎袍子料一套，火腿一只，冬菇一盒，美国货克宁奶粉一磅装四罐。轻的是水果一篓，国产香烟四罐，水果糖两磅，味精两小盒。如照以前的规矩，四样礼物是收两样，退还两样，火腿、袍料多半不收的。但在这非常时期,除了衣料之外,每一样食品都使老太太动心,舍不得把已经送来的东西退回去。她很感慨地说:"非常时期存货早就吃完了,我们现在怎么买得起这样名贵的东西?奶粉是每天有行情的,火腿涨到多少一斤?还是一两算?我不晓得了。人家既然送来,实实惠惠就收下。听说这几年很多人发国难财,办喜事既然可以吃几十桌,收四样礼物也没有关系……"二少奶回答:"这只火腿正好可以给阿爸作添菜,收三样吃的吧,把袍褂料退回去,反正阿爸有一两套出客穿穿,不需要再做。"老太太说:"袍子料我箱子里还有呢,不过收三样和收四样道理一样,非常时期我不管老规矩了。你去估计行情市价,应该开销多少,太多了用不着,太少也要被人笑话。我们现在过得连东西的价钱也不晓得了。"

这些对二少奶实在是难题,她晓得袍褂料和火腿的价钱,如果照市价开销,老太太一定嫌太多,如果开销得少,真要被人家笑话了。徐公馆如今过得只知道全担收礼物,而不晓得应给的赏钱了。二少奶只好忍痛照市价打发,而不把这笔账记在总家的账簿上。

那一天中饭后,二楼起坐间里只有老夫妇和二少奶三个人。老太爷说起:"后天有个学生要我去证婚,在青年会。说是非常时期一切从简,帖子也没有发,喜酒当然省了,只备些茶点。我怎么去呢?"

老太太说:"要校长证婚当然应该借一辆汽车呀!"

老太爷说:"人家是个学生,哪里懂得这些?他不见得有地方借得到汽车的。他告诉我结了婚双双就离开这里了。”

老太太说:“青年会是在八仙桥,那个地方多么杂! 叫三轮车去,难道让信差和你坐在一起? 这像什么样子!”

“去叫辆汽车吧。”老太爷说道。

老太太说:“非常时期你以为叫汽车容易呢,来回至少要两个多钟头。婚礼完了,你一定要演讲几句,还有茶点。现在柴油汽车的行情我真是一点不晓得了,顶好去借一辆汽车,反正我们不用出钱,照规矩打发汽车夫是办喜事人家的事。”

二少奶听了半天,忍不住接嘴说:“我倒是有地方可以借,就是林家伯伯。他现在有辆汽车,他也是阿爸多年的老朋友。”二少奶和林家沾点亲戚,所以有把握可以去借车子。

“那好极了!”老太太连忙说。“林先生挂名的差事有几个,接收了一所房子,每天客人不断,连从前北方的老当差也投奔了来,陪打麻将的人很多呢。”她接着微微叹了口气,吸了口水烟说:“林先生是个好人。从北洋政府倒后十几年他一直闲着,家里负担重,过得很拮据,想不到他晚年还有一步老运。其实做做社长、会长有什么关系? 和日本人争争米呀,糖呀,对老百姓还有好处。”

老太爷阻止老妻再说下去,他明白这些话是对他发的感慨牢骚。他笑笑说:“南京组政府时,很多人来打动我,说服我。那时我如果答应,或者还由得我讨价还价,不要说挂名当差,至少是个次字头,还可以兼别的肥缺呢。我因为想在家辞世,只好关门自守,不同外面接触。如果搭上一条线,即使不做官，做些社会福利事业，免不了仍旧要接近政治，一步步走到那个地步，自己也管不住自己了。现在我头脑是清楚的，他们也明白目前整个局势已改变，败象已出，但既已混到这一步，只好骗人又骗己的蒙下去了。我想他们一定是非常痛苦不安的。我可以说我的主意坚定，眼光不错，我这样守着对得住自己，也对得住在重庆的政府和在内地的儿女们。”

老太太说：“好啦！够啦！我没有说你的主意不对，也没有劝你去做什么。现在我只希望你每个月有次证婚就好了。一只火腿切开，添添菜又光了。你只会讲大道理，饭桌上没有添菜你吃不下饭，我这个吃素的人没有火腿倒在着急，真是笑话。现在空话少讲，你生日就在眼前，你自己拿个主意。汉口的房子很快吃完了，是不是照样做，照样吃？”

老太爷不在意的苦笑说：“不要紧，天真的快亮了，等得到的。家乡还有一所老房子呢，总是空着没有人住白糟蹋了。我想如果有人要，就卖了吧。今年我生日决定取消头夜暖寿。我算过自己人一共三十七个，小的外甥用不着上桌，三桌也许够了，荤荤素素随便吃吃，我想用不了多少钱。”

老太太说：“三桌会够？你怎么算的？陈家、孙家至少有七八个人来，中饭要开四桌。下午打两桌麻将，外甥们都回去了，大概晚饭两桌可以对付。物价日涨夜大，到你生日那天不晓得还要涨多少，真是吓煞人。你晓得一个生日糖、米、油要用多少？算好三个月的量，总是吃到两个月出头就快见底了。你生日以前还要进一次货呢！现在的人胃口都特别好，吃六桌要煮两三斗米饭呢！门房里也得开一桌便饭，给三轮车夫吃，就算菜不好，不够，饭总要让人家吃饱。”这些困难情形是老太太时刻在心里计算的，她又何尝不要维持一个像太平时代随便吃几桌的热闹场面呢？老太爷听不进太细碎的家务，立起身来向书房走，笑着说：“我晓得你早就在安排，随便你几桌好了。”又对二少奶说：“你帮着阿姆想想法子吧。现在外面的情形只有你熟识些。”

（十）

二少奶回到三楼，静静地思索。她明白关于点菜呀，吃几桌呀，她不能做主，即使贴了钱作了主，也绝不会讨好，而且总有人不满意要挑剔的。最后她下了决心，自己同自己说：“争气不争财，好！我再进一次货。”

第二天她卖掉了金子，换入了十石雪白的大米，四箱生油，四十斤糖，这三样主食前后在同一天送到。老太太下楼三次，亲自打开储藏室的门(因为钥匙是老太太收管)。看着一石石的大米，一箱箱的生油，和一大麻布袋的白糖抬入储藏室，主食又有三个多月的粮，老太太放宽了心。她零零碎碎细想着，老太爷生日吃六桌，卖掉一两金子大约够了。

这十石上好的大米，是二少奶托一个在虹口做事的亲戚买到的，又干又白，粒粒细细长长，和户口米不同，市面上不容易看见，而且也很难一下子就买到十石之多。这个下午徐公馆上上下下都很兴奋，讲来讲去都是关于米的故事。

那天是大小姐同三小姐来陪老太爷打麻将的日子，进门听到这件事，立刻问老太太要了储藏室的钥匙，叫阿巧去抓把米拿上来看看。大小姐觉得这米的确不错，就对二少奶说："二嫂，阿可以想法子给我也买一石？"三小姐接着说："二嫂，我也要，我只要五斗够了。"二少奶为了难，不好意思当面回绝，也不能一口答应。事实上这次是托了人情，送了两件衣料和一打玻璃杯，才买到十石，不能接着又去买。彼此沉默着，似乎有些窘。在念经的老太太全听到看见，她对二少奶说："你明天打电话去问问，如果不太难的话再买四石吧。二姐、四姐看见这样好的米一定也要的。倘使人家为难，也不要勉强，算了。"

这时候下面厨房里吵成一片，楼上也听得出是阿史和阿金在对骂。一会儿阿巧跑上来，大家齐声问："什么事情这样吵闹？"

阿巧笑着告诉："阿史姐在厨房里说：'我们二少奶本事大，一天里买进这许多东西，这样好的米有二三年没看到了。不要瞎糟蹋，要慢慢吃。'阿金姐听了就说，'大少奶要是在这里，她也会买，有什么稀奇！你用不着像这样煞有介事神气活现的。哪个又糟蹋米了？你倒说出来听听！'阿史姐说：'你要我说，我就说出来给大家评评理。昨天我从三层楼拿下来半碗油，给二少奶烧添菜的，那是我们自己的生油，是二少奶另外买的。谁晓得走到二楼的转角，你们养的泰迪忽然从房里钻了出来，迎面撞我一下。我右手要拿碗，又要去抓住楼梯扶手,人虽然没有被撞倒,但是半碗油一松手都打翻了,倒害我擦了半天楼梯。好好的半碗油呀!真是罪过。昨天夜里我越想越气,非常时期人的吃食都这样困难,还要养狗,喂狗给白米饭,吃得满地。我真看不过去。'阿金姐听了气红了脸,差一点赶过去要打阿史姐的嘴巴,幸亏我们人多拉得快,把她按住了。她正在哭呢,说是:'老太太都没说什么,要你看不过去!我们泰迪已经够可怜了,现在连肉骨头也没得吃,等于吃素了,吃口白饭还有人嫌着气不过,什么时候天亮呀!大少奶再不回来我熬不下去了。'"

大家听了全没有作声,老太太像入定似的专心念佛,二少奶心头冒着火说不出话来。大小姐慢慢说话了:"佣人吵架是家常便饭,今天吵,明天好,只好眼开眼闭装聋作哑随她们去。不过阿史的话也太难听了,什么二楼三楼,总家要她分得那么清楚。二嫂,你应该管管她,骂她几句,要不然她真越来越神气了。"

大小姐的话是和颜悦色向弟媳妇说的,但二少奶听了心里刺了一下,好像做大姐的人是代母亲发言教训她似的。她万分委屈地回答:"阿史本来有些十三点,我不知道说过骂过多少次了。因为阿金口口声声为大少奶尽忠心,又常哭哭啼啼,以为别人欺负她,受了委屈。为了糖呀,油呀,她们是非太多,太复杂了。我想阿姆明白吧?外人是搞不清的。"她说完上楼回房间去了。起坐间里大家都默默无言,静默中只听见老太太在念经。

半夜二少奶在黑布红里子都灯罩下写了两封信。给丈夫写的是：

××：我实在烦煞怨煞，受不下去了。今天为了佣人吵架又搞了一场是非，我也不想从头细讲了。我觉得“人之初，性本善”完全不对，可也不是“性本恶”。我以为：“人之初，性本嫉”才对，因为这两三年我是深深地体会到了。

我当这个名义上的家，紧，当然不对不好，松呢，也被人所说，你懂吗？我想你不见得完全懂，太复杂了，信上是说不明白的，算了。现在夜深人静，我细想想觉得很对得起你，和这个大家庭，够了。别人都走了，为什么我永远留在这里？你快快设法找伴，使我脱离苦海。

另一封给大少奶的信：

大嫂：你想象得到我现在的烦恼吗？我想你再聪明也不过猜着一半。你再也想不到你留下的阿金常常给我添麻烦，多是非。过去许多事不提了，我也不住心上。今天的事可大了，下午她同阿史吵了一架，那当然阿史也有错处。阿金常同阿史吵翻了同阿李好，几天之后，为了一件小事同阿李又吵翻了，又和阿史和好，两人共同来对付阿李，她们之间的是非恐怕包公也断不清。我实在佩服阿姆,她老人家可以不断念着经,避免驱逐这种烦恼。我心里一团火,气着,烦着,等我说得出话来骂阿史,那已经在她们吵架之后几个小时了。

今晚我在楼梯旁边听到阿金对阿胡说,我是晚娘,带了自己的孩子出去吃过点心,也不给我们买点回来……这不是阿史、阿李的传说,是我亲自听到的。我当时听呆了,原来我还被人称作晚娘呢!这件事我今晚非得向你诉说,分析一下不可,虽然知道你在远方知道了,徒然增加你的不安,于事无补,但我在这里实在太苦闷烦恼了,让我吐露发泄吧,因为这是你给我的麻烦呀!

当初你离家时是把两个孩子交给阿姆的。我对两个孩子可以说没有责任,也可以说各不相干的。我自己只有三个孩子,并不是五个。我如果有一天离开这里,我当然只带自己的孩子,不管侄子了。在这里我高兴买点什么吃的送他们,或者请他们看次电影,那完全是人情,并不是责任。我是一个大家庭中的平常人,说我自私,偏心,我不得不承认,我做不到那么伟大贤惠,样样事情想到侄子。他们有阿姆照顾教管更有阿金争这争那的保护,够了,足够了。

我是天天想脱离苦海,想进去。我也听到别人家的子女托熟人带去了。我不懂你自开始到现在,不赞成你的孩子进去,要他们留在这里?其实照我知道,他们两兄弟是心心念念要到你们的地方去呢!

（十一）

七月初七是牛郎织女相会的日子，戏院里都应时要演鹊桥相会的戏。徐公馆里的五个女佣人可忙了，她们照着世俗相传下来的习惯，那是一年一次洗头的日子。大概从前女孩子不肯洗头，夏天汗出得太多，头发有了气味，大人们就说是："织女要洗净了头发才到鹊桥和牛郎见面。"所以这一天非洗头不可。

五个女佣白天赶完了活，晚饭后全聚在厨房里烧水，等水要洗头。她们都是长发梳髻的，一年洗一次头。只有阿巧年轻，从乡下出来就剪成短发，才有机会常洗。佣人们洗头当然没有皂粉和皂水，但她们有一种叫茶饼的可以代替皂水。据她们说这种从乡下带出来夹着稻草的茶饼用开水泡化了，颜色和茶汁一样，比普通的肥皂还去油腻。

为了抢水等开水，阿史和阿金正要吵嘴，信差走进厨房，告诉大家一个惊人的消息："刚才保甲长来报告，明天有特高科的人要来查老太爷的书，还有别的东西，要大家准备一下。"众人听了，当下停止了抢水，都呆住了。阿金问："什么是特高科呀？"阿李问："我们佣人房间查不查呀？除了书之外还有什么要查的？"阿巧笑着回答："特高科我懂，就是特别高高大大的一科。好在我没有东西，到我们房里来查好了。"老陈妈对信差说："这种消息你上楼亲自对老太爷老太太说去吧！保甲长怎么说，你一句也不能漏掉。顶好再去问问保甲长一声，明天是上午来，还是下午来。我们头发已经打开了，今夜总要洗……”

阿巧跟信差出去向保甲长问消息去了，她上上下下进进出出非常地兴奋。五个等水洗头的佣人似乎都有了心事。阿史对阿金说：“阿金姐，水开了你先拿去泡茶饼吧，我现在不洗。”阿金说：“这水本来是你烧上的，我先拿去泡化了茶饼，分一半给你，我们可以大家洗。”

似乎外患将要来临，内部自然会团结起来。五个佣人你推我让，客客气气，非常和睦。她们端了许多小板凳放在门房前面的走道里，轮流地等开水，轮流地洗头，头上的汗汁不是竹篦子蓖得掉的。热水洗的时候一阵阵油腻的发臭，气味由晚风吹送到三楼的阳台上。

二小姐和七小姐的卧房是并排的，她们前面的门直通阳台。这时姑嫂二人正坐在阳台的藤椅上乘凉。七小姐轻扇着蒲扇说：“我有十天半月不洗头就痒煞了，她们一年洗一次头不知怎么过的?”二少奶说：“我从前也是一年洗一次头的，可是明天早上要蓖两三只篦子，痒倒是不痒，不过想想真是龌龊！不但领子上有油腻，一条大辫子拖在衣服背后久了，也有印子。我再也想不到结婚后才半年就剪了头发，更想不到现在女人比男人去理发店的次数还多。男人两星期半个月理一次发，我们倒常常一个星期去做一次头发了。”七小姐很感慨地说：“想不到的事情太多了。我现在很后悔三年前应该跟二哥一同进去的，我佩服十妹去年说去内地，外面接妥好，回家说一声，不管阿爸、阿姆赞成不赞成，三天之内就走了。后来阿姆问我，还以为我事先晓得呢。我想想在内地的人，物质虽缺乏，精神上一定比我们快乐有希望。”她停了一下，很勇敢地说下去：“二嫂，你也很烦是不是？常常听佣人们无聊的告状吵架，我想你也会走的，是吧？”二少奶知道七小姐性情十分温柔，在家中虽有老母宠爱，但她绝不多说一句搞是非的话，所以她从直说了：“我是烦煞了，想进去，但也不能丢下就走。还早呢，有些事情要等待布置。”七小姐听了叹口气说：“我太软弱了，坚强不起来，考虑得太多。我有个要好的同学在美国，她是太平洋战事发生前就去的。上星期我收到她从重庆转来的一封信，写得简简单单，她希望我先去内地，再设法到她那里去。我把信看了好多遍，也想了几晚，我真动心要进去呢！我也明白家里是没有经济能力负担我到外国去的，但阿姆早已把我的一份首饰交给了我，现在首饰很容易出脱，我可以变换了金子做路费。进去了，先做到第一步再说。”二少奶很惊讶地问：“你居然收到美国的信了。你既然动心，我就说实话，你就决定走吧！首饰现在也没有地方戴，东藏西藏的非常不安又担心。但这年头首饰等于现金，暴发户很多，你如要出脱，我也可以帮你打听找主顾。无论内地或走远，你有没有向阿姆透露过口风？”七小姐说：“没有。如果我坚决要去，像十妹那样，老人家是不会怎样阻止的。现在问题在我自己，因为，因为，不是一个人。”二少奶听到这里连忙说：“恭喜恭喜，你们快结婚了吧？结了婚两个人一道走，有伴有照应，阿姆也可放心，这不是很简单很好吗?”七小姐沉默了，拿着蒲扇拍着藤椅，似乎在赶蚊子。初七晚上的月亮只有一半，她是背着月亮坐的，二少奶看不清她的面部，想问又不便瞎问，只好等七小姐自己开口。谁知七小姐立起身来说:“快十二点了吧?她们的头发大概洗完了，今晚被她们的头发气味真熏死了。”二少奶不响，七小姐又搭讪着说:“我先去睡了，明早还要上班。我们的婚事还早，计划又不太多，下次再告诉你。”

阳台上只有二少奶一个人了。她先想着七小姐的婚事，又想到在沦陷区居然会收到美国转来的信，这一切太奥妙了。由美国想到敌币美钞，因为她有一千元美钞，全是一元的票面，厚厚的一大包，是日军进占租界时大家恐怕封锁或检查银行的保管库，第二天都把东西提出来收藏在家中。二少奶这包美钞先用油纸包扎，再包报纸，是藏在箱子间大被橱底下的。另有几条金子和首饰本来藏在一起，后来她想想不妥当，万一一网打尽呢?还是分开两个地方好，就把金子藏在三楼右面后窗下面的瓦片底下(是后楼佣人房的屋顶，比前面正屋低)。那瓦片是活动的，不必爬到外面屋顶去，人站立在后窗，伸手出去揭开一片瓦，就可以把小包东西藏在瓦内，而且安然藏在那里已经有两三年了。

自从保甲长来通知后，大家在二楼起坐间里曾有一番讨论。这时二少奶就想着这些东西藏的地方是否安全妥当，要不要换地方?想着想着，在阳台上坐不住了。她轻扇着扇子，摸黑走到右面楼梯尽头的小窗边，正想伸手出去揭开片瓦取出那个小包，黑暗中六个女佣人说话的声音传了过来。原来她们都洗完头，在后面晒台上乘风凉吹头发。晒台在门房屋顶上，正和那片瓦的屋脊相连。二少奶只能停止行动了。

阿巧说："老太太早已经关照过七小姐，家里如果有骂东洋人的外国书报快快烧了引火，在重庆的人的照片也收起来。已经打电话请陈家四少爷明天来做翻译，先让东洋人在楼下客厅吃茶，再问他除了书之外还看什么？如果光是看书，那二楼上没有书橱，就不必看。楼下两大间藏书室查完，就陪他们到三层楼经堂间好了，那里有八只书橱呢。"

老陈妈说："除了查看老太爷的书之外，不晓得还会看什么？人家说清箱清箱，要是真开箱子，我们这公馆里的箱子可太多了。出门离家的少爷、小姐、少奶奶们的箱子全在箱子间，难道只只打开？我自己倒不怕，要看就看，要拿去就拿去好了。不晓得你们有什么？我看你们东塞西塞，可要留下呀！"

静默了一阵，阿胡忍不住说："我有三只金戒指，一只金耳挖。两只重的戒指还是打仗以前换的呢。靠这二年也弄不好，头钱到手，零零碎碎买到了三打毛巾，十条肥皂，有两条还被老鼠啃得缺了边呢，真气煞我。"

一个坦白说出了口，阿金也向大家报告了："我一样金货也没有，倒有五十元银洋，那也是老早就存着的。这两三年只囤了一匹龙头细布，一箱洋烛，一听生油，都是大件，只好塞在孙少爷床底下随它去了。"

阿史说："我有一匹阴丹士林，一匹白竹布，一只金戒指，十斤棉花，几包洋火，这不算囤积吧？我是打算日后回乡下去自己用的。还有几件衣料是二少奶过年过节时送的。非常时期，破破补补，穿穿不要紧，所以我衣料倒有不少了。"

阿李说："我的东西很小，有地方藏。我也不是囤积，实在是喜欢这些东西才收买的。有时半夜起来，捧在手里，数数看看也很宽心。我有十打链条牌黑和白的洋线团，还有一盒礼和氏的引线，前一阵涨得不少，有人问我买，我不肯脱手。卖掉了，补进什么呢？我想东洋人也不会要吧？"

阿巧越听越气，"哦，原来你们全是财主，个个手里有东西囤积，平时还叹穷经呢！可怜只有我两手空空一无所有，一天跑几十趟楼梯，还是伺候老太太老太爷的人呢！"说着她擤着鼻涕哭了出来。老陈妈连忙说："半夜三更哭什么！你这一年多分到了头钱，不是溜出去看绍兴戏去了吗？多少次老太太问起你去的地方，我全给你遮盖过去了，其实老太太心里也明白，不愿意说穿。你还有什么委屈的？我也和你一样，两手空空没挂牵呀！"阿巧不服气说："你半夜起来常开箱子，藏的是什么？"老陈妈苦笑说："小鬼头，你既然看见我开箱子，一定偷看我箱子里面的东西了。你说好了，我不在乎。"

阿巧真的笑了，问大家："你们猜猜老陈妈床底下的宝贝？"于是大家你一句我一句，猜的东西无非是肥皂、布匹、洋烛洋火……日用品之类。阿巧忍不住了说："你们猜到天亮也不会猜着！我说出来吧。老陈妈囤积的是鬼要的锡箔，一折折银纸的锡箔。我不懂这东西会有行情市价，谁会收买呢？”

大家唏了一声，觉得这东西的确是与众不同，出人意料之外。阿胡说：“锡箔虽然没有市价，但也涨得很多，现在寺院里做佛事的人比从前还多。东洋人也相信佛教，相信佛一定相信鬼，那锡箔一定有销路。这东西倒是不犯法，摆在桌上也不会有人抢去。”

老陈妈说：“是呀，我年纪大了，头脑不灵，消息也不通。你们手快脚快，买这个买那个，我只有一个从前在圆通庵的老师太相熟。她说钞票到手买锡箔，虽然一样是纸，但还是锡箔保险放心。我没有别的路，只好那么做了。东洋兵也很穷的，听说到某一家查无线电，看见金戒指、金手表，顺手放进衣袋了。谁敢开口呀！还不是睁着两眼看他拿去了。我这锡箔谁也犯不着拿，东洋人拿去是他自己触霉头，所以我就放在床底下，箱子用不着上锁。”

大家说着说着，打着哈欠，由晒台旁边的小梯子下去回佣人房了，最后只剩下阿胡一人。她呆呆地坐在小凳子上想心事，一会儿站起来，芭蕉扇拍着大腿，沿着晒台走来走去。她被老陈妈的话打动了心思，想着自己的三只金戒指和耳挖安放的地方，是不是应该再换一处？

二少奶在窗边已经站立了半天，起先她听六个女佣人谈话，自动向人报告自己所有的东西，觉得非常有趣，舍不得走开。虽然朝北的后窗角落吹不到风，很闷热，但她情愿擦着额头上的汗，不停地扇扇子，缩在墙边继续下去。这时看到阿胡在晒台上踱方步，走到屋脊边缘坐下了，二少奶紧张了起来。那一片瓦的屋脊虽然离窗口很远，大约有一丈多的距离，但正是自己藏金条的同一个屋脊呀！她马上想到万一阿胡也顺手去揭开一片瓦，把她的金戒指藏进去是很有可能的。更说不定阿胡也会发现从三楼小窗伸手出去就可以揭瓦放取了。最后听到阿胡长叹一口气，懒洋洋地伸伸腰，慢慢地扶着小楼梯下去了。二少奶又站了一会儿，没听到有人上来，才放了心，离开这角落。

回到自己的卧房，二少奶用冷水擦了把脸，静静地躺在床上思索，她想到箱子间大被柜底下藏的一千元敌币，要是被日本人搜出来可不得了。瓦下面的金子可以暂时不动，但这包美钞今晚一定要换个地方才好。她想到许多人都说日本人信佛敬佛，那老太太的经堂间一定比箱子间安全了。她轻轻地起床，拿了手电筒和箱子间的钥匙，走到三楼左边的箱子间，用手电筒照着被柜底下，伸手进去摸出那包美钞，转身向隔壁经堂间走去。

经堂的门半开着，她左手握着那包美钞，右手上又是钥匙又是电筒，还没来得及打开电筒，经堂里忽然一道亮光射了过来，吓得她大叫一声，手里的美钞、电筒、钥匙全都扔了，人就靠着佛柜前面的蒲团跌坐下去。

“二嫂，是我呀！”七小姐叫着，也挨着坐在蒲团上。二少奶颤抖着说：“真想不到，真吓死我了。”七小姐说：“我比你吓得早，我听见有人开箱子间的门，心已吓得快跳出来了。我一时走不出来，只好不动等着。你快走到我身边了，我又不晓得是哪个，不知不觉只好打亮手电筒。倘使黑暗中两人撞一下，那胆子都要吓破了。”二少奶停停神说：“真对不起，是我吓着你了。我再也想不到这里有人，一道白光像菩萨出现一样，你摸摸我的睡衣都湿透了。”七小姐笑着说：“我也是一身汗呀！我早已睡着了，被噩梦惊醒。梦里日本人把我的首饰拿走了，我追着跑着，跌了一跤就吓醒了。想想还是换一个地方，藏到经堂间来。你也来藏东西是吧?”二少奶说：“当然，半夜三更，急来抱佛脚。你说藏在什么地方好?”七小姐立起来说：“我的东西只有扁扁的一小包，本来想夹在书橱里的书本中，忽然有想到明天是来查书，东看看西摸摸，于是就藏在佛柜下面的缝里了。你当心，如果在佛柜下摸到另外还有一包，那大概是阿姆的。我们心照不宣，明天也不必提。现在我真要去睡了，该你去摸去藏了。”

那天上午来了两个日本宪兵，两个便衣，翻译是陈家四少爷，一早就来了。先在客厅里坐着问答了半个小时，喝着阿三端进去的盖碗茶，然后到藏书室。便衣随手指了两格的书，宪兵拿下来，四个人翻阅，看样子他们好像是懂中国文字的，至少派他们来查看书，一定明白这是些线装古本书。

楼下翻阅了四五格的书，实在太多了，也只好结束。他们觉得很满意，点头示意不必再看了，接着就上到三楼经堂间来。

经堂间里老太太身着灰色布袈裟，端坐在靠窗的长几前，翻阅《金刚经》。虽然是白日，佛柜前还点亮着两只莲叶托子的烛灯，对门正中的墙上挂着一副观世音菩萨像。听到他们走进来，老太太手持佛珠，慢慢地从椅子上立起身来。四个日本人看到这情景，双脚啪嗒一声立正，举手行礼致敬，然后深深弯腰鞠躬。老太太一步也不动，双目下垂，不断地念经。陈家四少爷看到如此庄严的场面，用不着他翻译了。他虽然不信佛，但在这种场合，也只好一脸严肃，目不斜视对着佛像看着。等到其中一个日本人"哈"一声，双脚又是一并，回头就走，其余三个也跟着下了楼。陈家四少爷一直送到大门口，看他们上了车才回进来。他对老太太说："今天算是运气。这四个日本人虽说是来查书，其实他们的目的是查无线电台。听说近来破获了好几家，装有电台和重庆通消息。不知怎么，他们看到了这么多古本书，后来又看到了佛堂，大概这四位很信佛教，所以佛堂里的书橱一只也不看了……"

老太太走下楼来，听到了报告觉得十分安慰，说道："你们看相信佛有好处吧！要紧关头菩萨会保佑。"又吩咐阿巧："喏，这钞票拿去，关照大师傅去买只鸡，今天晚上开开胃，再给我做个素鸭。"

下午七小姐回家知道了经过，笑着对二少奶说："今天上班打了一天哈欠。我们真是庸人自扰，汗吓出几身呢！"二少奶说："不是我们两个，五个女将也佣(庸)人自扰呢！"

（十二）

中秋节过后，裁缝师傅要告假半年回家乡去。他说是他住的那间小房间的屋顶是铅皮盖的，夏天暴晒像蒸笼一样闷热，到了冬天又四周漏风，冻得他手都僵了，没法子拿针穿线。其实这不是真正的理由。二三年都度过去了，夏天他可以搬到有穿堂风的门房去做，冬天有熨斗的炭火取暖，晚上也可以睡在门房里。真正的理由，因为他的活儿是大家轮流做，四位小姐一年之中也轮到一个月。主顾多了，工钱反而更不容易调整。轮到大小姐做了，她不会自动加工钱的。老太太还说："上个月工钱已经加过了，大小姐只做一个月，不能再要她加了。"裁缝师傅在厨房大发牢骚："大小姐做不能加工钱，接下去二小姐做，三小姐做，虽然她们把一个月的工钱先交给我，在她们好像对我想得很周到了：'裁缝师傅呀，工钱先给你，东西日涨夜大，你可以把要用的线先买下来，定定心心地做了。'我家乡还有五六个人等我养活，得寄钱回去呀？在这公馆是熬不出头了，我决心改行做单帮生意去。"

裁缝师傅走后，老佣人阿三更加忙碌起来。他本来的工作是扫扫院子，收拾楼下所有的房间，现在要开关大门，他走不动，索性整天坐在大门旁边的小房间里。他说："老太太说过，非常时期马马虎虎几天打扫一次好了，楼下平时不用，现在我们也没有什么要人上门，客厅可以关起来……"

接着老厨子生病回乡，这件事可大了。下灶现在身份不同,连升二级,已成了长袍阶级,和老太爷同出入了。他虽然也会做菜,但哪里肯再入厨房改穿短衣。再说,他十分明白,徐公馆的厨子岂是容易做的。

新厨子找来了,是个二十多岁的青年人。说明不需要有好手段,能烧普通的饭菜就可以。他进门听到工钱才那么点儿,就不愿试工。又听到每天的饭菜钱那么少,而上下吃饭的人竟那么多,本想马上就走,但被厨房里一群人围着热心挽留。阿三说:"我们徐公馆的饭菜一向是很随便的。老太太吃长素,没有你的事,有老陈妈会烧。老太爷更容易了,不讲究吃的。"

老陈妈抢着说:"大师傅你放心好了!你只要管两顿饭,我们人多呢!添菜点心我们各人会做,下午你还可以睡一个午觉呢。"

阿巧笑着说:"昨夜我听到二少奶和老太太说,'不能不加工钱了'。我们都在托你的福,新的不来,旧的还不加呢。"

因为众人的一番挽留,厨子才答应了试工三天。

平心而论,徐公馆的菜钱是比其他大家庭少,也难怪厨子听见就不愿意试工。老太太有老太太的想法,菜钱多加也没有用,每次加了菜钱后的第一天,看得出菜满了些也好了些。但两三天后,又恢复原样,等于白加,总不能随着物价的涨幅二三天便调整一次。老太太又有自由主义的思想,她因为各人食性不同,各房都有老佣人会烧,可以添菜,各由所爱,把钱花在添菜上,自己爱吃什么就添什么。以添菜为主,饭菜为宾，大家可以吃得称心些。所以有人说："非常时期徐公馆的饭菜呀，如果端出来要经过院子的话，一阵风吹来，肉片都要吹走了。"

自从十小姐走后，徐公馆还有九位主人。九位主人每天早餐时间不同，前后竟分了八次之多。最早七点，是大房两位孙少爷上学。阿金先在厨房里烧开水，盛粥或是面包，端上二楼起坐间。同时二房的阿史要在铁板上烤面包，冲奶粉给二孙少爷(按大排行)。大孙小姐因学校就走附近，所以稍迟一步，有自小带她的阿李端粥到三楼。上学的出发了，七小姐上班的时间已到，轮到阿胡抢过灶头热粥，端到三楼七小姐卧室。二孙小姐年纪小，在家自修，尚未上学。她爱睡早觉，约十点才吃早饭。

老太爷老太太的第一道早点，喝的是老陈妈自磨的滚烫豆浆，二人同时在床上用，由阿巧端送进去。老太太起床后即入经堂做她的早课。老太爷起床则到书房看报纸，用第二道早点——燕窝汤，据说已经服用了三四十年，连出门都没有一天间断过，是把燕窝拣干净，烘干称好分量，用净白纸包起来，要吃时用开水烫滚就可以。抗战前老太爷出门必有当差跟着服侍的，老太太的意思是长年吃燕窝的功效，要比外国货维他命还补呢。

十点后老太太出经堂，一面梳头一面吃白木耳。白木耳和燕窝这两样补品，老太太相信不能一日间断。她是买足了货，存有五六年的量。

老太爷的第三道早点是蒸得很软的面食，或糕点一小件。徐公馆的最末了一道早饭约在十一点，是阿史煮二少奶的泡饭。总计九位主人早饭要分十一次。厨子从一早买菜回来就看着老的少的女将一个进，一个出，满盘端上楼，空盘端入厨房，这个热，那个煮，抢灶头，烧开水，洗碟、洗碗、洗筷子，好不容易等到二少奶最后的早饭端出，他以为可以清净了，把灶头让他用了，把该煨的煨上，该煮的煮上，中饭是应该开始预备了。

谁知阿巧急匆匆跑进来说："喂，大师傅，老太太要滚水擦身，热水瓶里的水不够烫，让我先烧壶水，你把大火先让一让好不好?"厨子摇摇头叹了口气，没奈何把锅子挪开。

中饭时候徐公馆的主人很少，上学上班的都不回来。大孙小姐虽然回家吃中饭，但时间不对，她等不及，仍旧由阿李抢过灶头热了添菜先吃了。所以到了一点钟开中饭时，只有老太爷、老太太、二少奶和二孙小姐三代四个人。菜有三荤三素和一汤，共七只。薄薄的肉片，小小的鱼儿，不很新鲜的小虾仁，碗数要摆足，也真亏了厨子采买配合的。

六个女佣人一齐上前伺候四位主人，两个端菜，两个摆碗筷，两个等开水预备冲茶和绞手巾把。她们穿梭似的上下进出，非常忙碌，在老太太的目光下，似乎非得在开饭时出场亮相到齐不可。

老太爷用筷子拨着饭，慢慢地一小口一小口塞进嘴里。他拣拣这个，拣拣那个，放在面前的小碟子里，很勉强地吃下一点点。这三只荤菜全不入味,也不对他的胃口。

二少奶十一点才吃的泡饭还在胃里。每天的中饭她不是因为饿了才入座,而是为了人数要坐在那里。阿史端上她的添菜咸菜煮冬笋,她不吃饭,只吃那碟冬笋。

老太太对那三只素菜也不欣赏,叫老陈妈拿下去再加糖,又吩咐阿巧把食橱里的二三小碟添菜拿来,再叫厨子给老太爷煎两块糟白咸鱼,蒸三四片火腿来。每天每餐如此。

晚饭时人多,又加上陪打麻将的小姐们,坐满了一圆桌。饭菜当然和中午一样,添菜是更多了,大碗小碗十多只,六个女佣人上来下去忙个不停。有时候饭快吃完了,荤菜不够,阿巧一面跑下去,一面大声喊着:"大师傅呀! 快打四只鸡蛋,要炒一盘肉松炒蛋,肉松我拿下来了,快快快!"

徐公馆最有名的点心是常州饼、枣子糕和南瓜饼,这几样做起来数以百计。老太太的意思是,已经做了,多和少差不多。糟了手,索性多做一些,分送几个女儿们。老太太命令一出:"明天点心吃枣子糕,我要送人,多做些……"在老陈妈的领导之下,阿李帮手磨粉、剥胡桃、剥红枣、切猪油丁……立刻忙碌起来。她们二人专于这一行,夜以继日地做点心,光是这一样家常点心就有两三天可忙。厨子又不着管,也无从下手,但厨房的每一张桌子都被两位点心专家给占住了。

厨子的工作的确清闲。徐公馆的灶头在日夜二十四小时里,厨子恐怕只能独占四小时,大部分时间他只能袖手旁观,看着六个女将忙碌。在他上床之前,阿史两手分捏着两份菜钱来了。“大师傅，明朝给我们二少奶另外买二斤顶好的牛肉，千万不要带筋夹油。这钱可不要和饭菜钱混在一起。喏，这是两份钱，你可不要弄错。”

阿史退出，阿金拿着钱来了。“大师傅，我要给孙少爷煨牛尾汤，你给我买一条粗粗的牛尾，一颗卷心菜，两只洋葱，三只番茄。要是你饭菜里有洋葱，就不必给我买了。”

阿巧从老太太那里拿着钱也下来了。“大师傅，买蚶子半斤这钱够了，只有老太爷一个人要吃。老太太说如果新上市的太贵不要，你要多问几个摊子。蚶子要新鲜，只只见血的。另外再买二斤冬笋，钱不够回来再算。”连饭菜钱，厨子每晚要收四份钱，买回来要做三份找。这三份添菜买回来，三个女将还要细细打听市价，各人收回自己的一份找回的一点余钱，饭菜钱倒没人去盘算了。

厨子试工到第三天，年轻人气得忍无可忍，拿了菜刀在案板上乱剁着大骂道：“这样人家我从来没有看见过。饭菜钱这么苛，添菜又那么多，一人一份叫我买，买回来挑青拣白的不相信，不是说不新鲜，就是说斤两不足，一个个都自说自话，莫名其妙，外面的市价也不晓得……一个灶头大小三个火，抢来抢去，你烧我热，连开饭的时候都不能整个让给我。刚把肉煨上，一转眼又被她们移开烧添菜了，还说我火工不到，这样乱的人家就不配用厨子。工钱又那么少，就算把一个月的头钱都归我一个人，也不在我心上。快把三天的工钱算给我，买两支香烟不知够不够呢。我再也不能受这鸟气了。”

到十月已经换了五个厨子，在空档脱节的几天，由六个女将分担两餐饭的工作。公推一老一少，老陈妈和阿巧到附近的菜场去买菜，添菜暂时停止以求简单。谁知阿巧在菜场就碰到看绍兴戏的朋友，竺水招呀，范瑞娟、傅全香呀，越讲越起劲，简直不想回家。老陈妈走累了，就在菜摊旁坐着休息。到了十点多，好不容易把菜买齐，钱不够，阿巧还把自己衣袋里的钞票垫了出来。回到家，厨房里已经吵成一片。阿胡说："今朝我代阿巧楼梯跑了十多趟了，我吃不消，明朝换一个人代阿巧，我情愿上菜场去。"阿金同阿史说："添菜停一天还可以，现在都吃光了，明天这么办?"阿李说："不要说明天，今天晚上的饭菜不晓得有没有呢?"虽然两人一老一少菜场去了两个多小时，可买回来的菜的分量只够一餐中饭。老太太听到了，很感慨地对二少奶说："怎么别人家用两个女佣人，照样可以请客，端出许多菜来。我们对吃向来马虎不讲究，眼前六个人对付不了两餐饭，岂不是笑话。"二少奶有一肚子理论，也有一肚子事实要讲，要报告。但她无处讲起，也不晓得举哪家的例子最合适。她知道老太太不要听这家那家的工钱涨到多少，菜钱不断在加，麻将打得多大，等等。她犹豫思索了一下说："阿姆，我们这里老佣人对付不了两餐饭的。厨子我已经找好了，明天可以来上工，工钱我做主加了。"老太太连忙问："加了多少?"二少奶回答："加一倍。""菜钱呢?""也加一倍"，二少奶回答，"没有法子，不加没人肯做的。"老太太默认叹了口气，"这样加下去到过年可不得了。厨子工钱加一倍，还有八个佣人全要加点，不然相差太多也不好。”二少奶答道：“我晓得，全要加了，不加不行。”老太太无可奈何地说：“这日子不好过，这涨风吓煞人。过年前恐怕要卖家乡的房子了。”二少奶说：“这我不晓得，要阿爸、阿姆做主才好。”

（十三）

老陈妈向老太太报告：“这阵子煤球不好，黄泥多而煤硝少，不容易旺，火苗也窜不上来，所以用的更多了，怎么好呢？”按照叫煤的厨子的说法，近来家家都这样，因为煤价飞涨，于是多掺合黄泥，别家也在吵煤球不好用。

下午大、二两位小姐来了，都说最近的煤球烧不旺，松松的红过就完了，一点火苗也没有，只好叫烧饭的买了煤硝和烧过的灰混合起来，一颗颗捏成球晒一天，第二天就可以用。弄堂里许多人家都在最近捏煤球，后门口全晒满了。

二少奶旁边听了不以为然，心想：我们这里那么多人，灶头也大，自己用手捏搓煤球，哪里来得及！那只好是小家庭吃得简单，还可以对付一阵。但老太太一向相信大女儿的，她作弟媳妇不便开口当面驳姑奶奶的话。再说最近厨子工钱加了一倍，全是她做的主。她已经听到有人说：“现在的二嫂和从前不同，她变了，现在交的都是有钱的朋友，在外面麻将打得很大，常有酒席吃，所以不晓得非常时期的苦难。她手面大了，随便加工钱。她一次可以买到十石米，可是不肯给别人买。”想到这些，二少奶觉得做人太难，自己太委屈了。厨子的工钱她仍然照着以前的数字上在账簿上的，她当着这个有名无实的家，每个月记着刚好够用的账，赔垫，仍旧有人说闲话。她愣愣地坐在起坐间角落里，一言不发，静听两位姑太太讲自己家里佣人捏煤球的经过。她心里烦极、怨极也恨极了。她愤然立起来上三楼，倒在床上平静一会儿。豁出去了，她想着刺激一下，去打一场比较大些的麻将，听听外面的许多新闻。她拿起床边的电话，打给七小姐办公地方。"喂，我是二嫂。我有个应酬要出去，你可不可以早点回来代我打麻将？大姐二姐早就来了，她们在吃点心。你走得开马上就回来，谢谢你，谢谢……"

二少奶这晚上在朋友家麻将打到一点钟才回家。她多少有些不安，觉得昨天临时找七小姐作替身陪老太爷打麻将，背后一定又是议论纷纷了。中饭时她下楼到起坐间，默默地吃着面前的添菜，她不想解释说明昨天出去的事情。谁知老太爷开口了，他笑着问："你昨天出去打牌了？"二少奶脸一红，回答："是的。"老太爷又问："外面的牌比家里大吧？""也不怎么大，我打的是最小的一种，比家里大二三倍吧。"说到这里，她脸又红了，因为她不善说谎而说了谎。实际上她在外面打的最小的麻将比家里大十二倍，她自己也不明白为什么当时要说谎。

意想不到的事情接着而来，老太太先是不声不响，忙着拨菜吃饭，忽然好像自言自语地说："连看弄堂的巡捕麻将都比我们这里打得大了，样样涨涨涨，我看这麻将也应该加一倍了。这阵子头钱不要说分派不到佣人，连添几两肉都不够，还要吃水果糖食。我又不会变戏法，实在变不出了。”停了一会，她正色对二少奶说：“像从前太平时代，佣人不在乎工钱多少，全注重有没有麻将的。我倒希望你有打麻将的朋友半月十天请到家里来打一次，佣人们有点希望，有些油水外快多好。”

二少奶完全想不到老太太有这个意思。她近来正发愁欠了不少麻将情，虽有家，又不方便请人家来。她有种种顾虑，自己在三楼打的麻将如果比二楼老太爷打的大十二倍，那还了得，不但人言可畏，恐怕二楼的麻将连茶水都没人侍候了。但现在是受命组牌，情形完全不同了，老太太决不会不经过考虑随便发言的。二少奶想了想就说：“好，过几天我就请一桌牌，在三楼吃饭，饭菜我会另外找人做的，省得打扰阿爸本来有的麻将。”最后她福至心灵的迎合老太太；“其实和我打麻将的几个朋友的先生阿爸从前也认识，我们打的牌并不大，当然比家里是大多了。头钱我不好分配，除了阿史、阿李之外，我会交给阿姆的。”老太太要听的就是这句话，客人添菜不管，头钱由她分配。她希望三层楼的麻将越多越好哩！非常时期，老太太为了这个家支撑得筋疲力尽。

（十四）

老太太听了大女儿的话，吩咐阿巧关照厨子叫了半吨煤硝，因为如果别人叫来，厨子一定会挑剔，说煤硝不对不好。家里烧剩的煤灰堆积成小山，下午动员全体佣人忙碌起来。

一开始都很勇敢热心，好像是抵制黑心煤球老板似的。大家捏搓着煤球，随口咒骂："开煤球店的都是黑良心，趁火打劫，在快过年的时候，把煤球多掺合了黄泥，货出了门，不管人家烧得着烧不着。这几年也算赚够啦！现在有货在手就发财，他们愿意这个仗老打不完，小鬼帮着他们发国难财哩！没有良心的东西。"

那一天点心也取消了，中饭后大家都在院子里捏了四五个钟头，客厅前面的水泥地上和台阶上，全都晒满了一颗颗手捏的煤球，像围棋子一样。

众人辛苦了一下午的成绩，烧不到三天又要捏煤球了。厨子第一个退出说："这是哪一个出的主意？这么大的公馆，这么多人，煤球可以自己用手捏吗？发神经了。"

点心岂能取消！洗衣盆的衣服也泡满了。阿胡说："今天我要洗七小姐的被单了，不能捏煤球。"

阿巧说："我天天要给老太太擦背，手捏的像锯子一样咧了口，怎么能绞滚烫的毛巾？"

这个下午只有阿史、阿金、阿李、老陈妈四个人搓捏，大家的勇气已经捏尽，只剩下一片怨恨。煤球捏得大小不均，大的像鸭蛋，小的同桂圆一般大。阿巧看了大笑说："老太太就是喜欢听大小姐的话，今天大小姐拿来一小碟毛豆炒咸菜也是好的。这捏煤球的好主意，前面隔壁人家看见都在笑话了。"

最后一次捏煤球只有阿金和阿史两人，因为点心不能没有，阿李追随老陈妈情愿去磨糯米粉，也不愿意再去捏那黑煤球了。

近来阿金、阿史非常亲热，不但早已化敌为友，而且已经成了知己，携手合作了。因为阿李自己的分内事情不做，整天和老陈妈在厨房里做点心，使阿史要多跑几趟三楼的楼梯，多洗几件两位孙小姐的衣服。她觉得阿李不守本分，往高枝上爬。

阿金因为烧了一壶水，要灌热水瓶，刚离开厨房到后弄去收几件晒的衣服，转眼回来开水已经被阿胡拎了上三楼给七小姐作洗脚水了。她气得追上来交涉，阿胡说："谁教你走开？灶头上有现成的热水，难道我还打着锣查问是哪个烧的？水是七小姐要用，又不是我洗脚。"阿金说不过她，憋着一肚子气，说胃痛了一夜。

阿史因为捏了许多煤球，浸在盆里的衣服没工夫洗了，阿胡要用这只洗衣盆，就把阿史浸的湿衣服都掏出来堆在墙角，等阿史洗的时候有其中的一件发了霉。两个人都觉得被阿胡作弄欺负，彼此患难相同，马上结成了一条心。

阿史拨了几块牛肉在泰迪的饭碗里，非常慷慨地说："非常时期这只狗也很可怜了，今天让它开开荤。"阿金激动得眼泪汪汪说："阿史姐，日久见人心，现在我才明白你是宽宏大量的人，从前我上了阿胡姐的当，亏得你量大，说过算了。她欺负我不算，还欺负到主人头上呢！她认定了要用那只盆，把孙少爷的汗衫和七小姐的衬裤泡在一起，你说这是不是天下大乱，男女不分了？她侍候七小姐一个人，煤球也不肯捏了，真是岂有此理。大少奶回来就好啦！我这几年的苦，恐怕只有老天爷晓得呀！”她越说越伤心，眼泪滚下来和煤球捏在一起了。

阿金、阿史有相同的命运，都是二十岁不到就守了寡，几十年的岁月就是在辛酸痛苦中度过的。她们对未来没有什么希望，但有一个坚定的目的，就是积了钱，日后太平了回乡，要做两座坟，一座是公婆的，一座是丈夫和自己的，似乎她们就为了要做坟而活着。

那一天下午，天气特别和暖，又没有风，她们两个并排坐在台阶上晒着太阳，把公馆里这些年的大小事情一桩桩一件件从头细讲。因为讲得十分投机融合，彼此劝告安慰，心情特别开朗，煤球也捏得特别多，加上熟能生巧，几天下来的经验，两人随手抓一把，搓捏出的煤球大小都差不多了。

谁知半夜里一阵大风雨，佣人们白天辛苦，倒在床上都睡死了，即使有人听到雨声，也来不及起床去把煤球一颗颗地收拾起来。第二天一早，当阿史、阿金看到台阶已成了一片黑泥时，两个人流着泪，拎水一次次地冲洗。尽管她们是吃长素信佛的，可也忍不住了，看着自己一双带着血痕裂口的粗手，齐声怨骂：“老天爷不长眼睛，太不公道，欺负我们两个苦命人，下半夜要下大雨，为什么下午的天气特别好？要是早有下雨的样子，天早就该阴起来，我们也不上当捏那么多了。”骂完了天，两人哭诉到老太太面前：“罪过呀！真罪过，那么多煤球全被雨冲去了，这是老天爷要我们上当吃苦，也是老天爷糟蹋东西。天意这样，以后煤球还捏不捏呢？”

从这场风雨之后，搓捏煤球的工作只好取消，老太太心里也在懊恼多此一举，只是默默地念佛不出声而已。

下午四小姐来打牌。她早已得到消息，昨夜雨水冲了煤球的损失。她本来不赞成大小姐的意思，但知道煤硝已经叫来，也不便阻止多讲。现在她对老太太说：“好的煤球不是一定买不到，不过比平常市价贵四分之一，因为黄泥掺合得少，就算好货了。我试着叫过一担，还不错呢。要不要先叫一担试试？”老太太叹口气说：“我也烦煞，你既然试用过就给我叫半吨吧。”

（十五）

那一天没有麻将，因为四位小姐全有自己的应酬。晚饭后起坐间里，只有老夫妇和二少奶、七小姐四个人在谈家务。老太爷把旱烟筒敲着黄铜痰盂说：“我这两天在计算过年最省要吃几桌。眼前自己人大小三十七个，足足三桌，加上陈家孙家的亲友，元旦那天至少四五桌。年夜饭大概不会全到，三桌够了……倘使打完了仗，重庆的家人都回来，自己人至少有五桌之多，那一定要好好庆祝一下，吃几顿，照张全家福，分三四排坐立着，多印几张分送分送人，多么热闹。”

老太太听到这里接口说：“你在做梦呢，眼前年关也不晓得怎样过？倒已经在算重庆的家人都回来坐几桌了。你怎么年纪越大越要热闹,我还没看见过全家福印着送人的。”老太爷笑着说:“庆祝胜利大团圆嘛。我真要印全家福送人呢,你等着吧,胜利一定属于我们,天真的快亮了,不会太久了。我们先预备过年,年总是要过的。你说吃几桌?”老太太说:“你念念不忘就是过年,推牌九,吃几桌。照你的意思是年夜饭三桌,元旦中午四桌,晚上外甥们早回去,但有打牌九的客人至少要三桌,那一共就要预备十桌了。你晓得过一个年要多少钱?”

老太爷的确不知道,也不想知道。他只是笑了笑,心里明白老妻会安排好的,虽然拮据,照样一年年过去,一桌桌地吃,他不必为家务操心细打算,走进自己的书房伏案写文章就是了。但他还是说了一句:“倘使实在调动困难,还是把家乡房子卖了就是。”

七年来老太爷紧守家中,何尝不痛苦沉闷。他创办的学校在抗战一开始就毁于炮火,一部分学生早由教务长负责迁内地复校,在上海的只是一小部分的学生,偷偷摸摸改头换面后租交易所的楼上授课。他年年月月等待着,希望着,胜利后第一件大事是怎样向教育部交涉要求拨一笔款就可以复校上海。还有他常常幻想将来胜利后的局面,政府应该从哪里收拾起。他常想到有两个大问题最难处理,也最伤脑筋,一是国共问题,二是金融问题,后者他更注意。他常代政府设想,将来怎样整理调换这中储券,才能使在沦陷区的老百姓不太吃亏。他多少有些雄心和幻想,希望胜利了有人当他是老前辈来请教商讨关于金融方面的问题。

（十六）

过年前老太太托人要卖家乡的那所大洋房，当房价谈妥，老太太心里忽然犹豫不定，她对老太爷说："你说快胜利了，这个仗真快打完了，究竟不晓得还要打到哪一年？我们可是在卖最后一所房地产了，我真担心这一笔再吃完是没有的可卖了。你自己再考虑一下，我不敢做主。"老太爷不加思索地说："毫无疑问，大局很明显，败象已百出，胜利决不会太远。房价你讲定了就脱手，快快解决好了。"

房款到手，四位小姐前后都来了，各有不同的意见。

大小姐说："面纱狂涨，我听见某人有一票货是阴丹士利和龙头细布，阿姆可以多收些。究竟是实货，握在自己手里踏实，好在三层楼箱子间有的是地方可以放。"

二小姐说："还是全数去买金子，容易藏，换也容易。我听见孙家在讲，现在收些港纸也好，反正快快去买，不能拖到明天。"

三小姐说："我们房东有一票汗衫、毛巾，他们等钱用，要在年前脱手，不知阿姆有没有意思买下来？如果全买下来，我去讲讲还可以打个折扣。"

四小姐说："现在再囤货似乎太迟，也太烦了。这么大一笔房款，哪有换汗衫、毛巾的道理！我看最好买永安纱厂的股票，近来快过年了，银根紧，股票回下来一点，我看就要狂涨。

快决定去买吧!”

七小姐虽然也在起坐间,但她对家里事从来不出主意的。老太太听着四个女儿的意见,一声不响地念经,既不赞成这个,也不反对那个。等她们都走了,她自己的主意也打定了,关照七小姐明天买一两一小条的金子二十两,要用时兑换方便,留下一部分现款要办年货,其余款子进永安纱厂若干股。这次老太太觉得四女儿的意见是对的,囤货太麻烦了。

晚上起坐间里,老太太慢慢想着年货,吸着水烟一样样地讲,二少奶拿笔记下:杭州去定肥鸡二十只、浦东猪肉三十斤、鸡蛋一百只、面筋二十斤、板油二十斤、红糖十斤、白糖四十斤、生油四箱、糯米三斗、年糕二百条、花生二十斤,这许多年货老太太是托一个走单帮的亲戚去办,当然是先交款子再交货的。

预算年夜饭同元旦那天一共要吃十桌。老太太计算除了原本的年货之外,临时还要买许多海味。她吩咐二少奶再开一张菜单,她可以照着菜单计算分配还要添什么。二少奶对过年的菜单已经是开第四次了,她可以不加思索顺笔而下地写出来:

四冷盘——白切鸡、油焖冬笋、醉蚶、葱烤鲫鱼

四热菜——炒虾仁、芥菜鸡片、四喜肉、醋溜黄鱼、
奶油白菜、蛤蜊汤、鸡血豆腐、
脱苦菜年糕汤

甜食——西米橘子甜羹

老太太看了菜单说:“去年当地买的冬笋不新鲜,油焖笋至少要烤两大锅呢。你在年货单子上再加冬笋三十斤,还是杭州去买合算。”

三、杂　著

读《红楼梦》杂记

开场白

记得我小时候看《红楼梦》看到四分之一（当然是最普通的一百廿回高本），贾府上那些亲戚与那么多丫头的名字，一无头绪，实在弄不明白，只好放弃了。

第二次看《红楼梦》，是我在中学的时候。那时正闹文学革命，学校里国文的课本，一半改了白话。作文也作白话文。我们都买了新的书报杂志当作参考。其中就有胡适之先生的许多文章。不知是什么原故，别的许多文章，我不过是随意看看，引不起丝毫的意见与兴趣。所谓当作参考者，只把书报上的许多形容词，东一节，西一段，记抄下来，硬把那些字句嵌装在自己的作文里。在那时，我们就当作是漂亮的时行的白话文了。

可是胡先生的那篇《红楼梦考证》，真引起了我的兴趣。

因为我那时正在看着《红楼梦》。看了小说，又看考证，来来回回每晚看到三点钟。虽然那考证对我是太深了，可是我要看，我看得下去。看了二三遍之后，才把贾府上那些人与人之间的关系，稍微摸清楚了些。

那个时期开始，是《红楼梦》正式公开可以看，也可以讲了。我们一群中学生，在下课的时候，都瞎谈《红楼梦》。各人都编几句又像诗似的哼着唱着，自己都以为改良的白话诗。我记得我套着探母坐宫的戏词，也曾作了四句："林黛玉坐潇湘，自思自叹。想起了终身事，好不惨然。贾宝玉，他与我，自幼相爱。又谁知，来了个，薛氏宝钗。"

最可笑的，我在作文时，竟把《红楼梦》里的京话"黑家白日""左不过""怨不得"，都抄上了，自以为是说得出，写出来，就是最好的白话文。有一次作文的题目是个游记，我把《红楼梦》里形容景色的"烈日炎炎，芭蕉冉冉，凤尾森森，龙吟细细"十六个字硬装上去，被先生叫上讲台，申斥一顿，吃了一个大"丁"字！

从这一度红学瞎疯狂之后，我竟有二十多年没有再看《红楼梦》。到了美国之后，因为近年来很少有好的小说，也可以说没有我爱看的小说，只得又重温《红楼梦》。

这次可说是看得比较仔细。再说，人在中年以上，在自己的生活圈子里也走了一段哀乐盛衰、甜酸苦辣的路，所以看《红楼梦》的心境也与年青时期不同。对于这本伟大的著作，越看越好，似乎感觉自己也有些心得，同时也发现了许多东西和问题。因此拉杂地写出来,可不知道以前有人说过没有。我很希望爱好红学有兴趣的朋友们,给我指错摘误,讨论研究。

薛宝钗是怎么一个人?

在没有看到《脂砚斋重评石头记》之前,我对于薛宝钗的印象就很好。可是我的朋友们口中,谈到《红楼梦》,都批评宝钗是"伪君子""奸恶坏人",都怜悯惋惜林黛玉"孤苦多病""是好人"。我会为了这些评论而想不通,也为宝钗抱不平。所以会前后翻开《红楼梦》关于描写形容宝钗的文字,约略如下:"罕言寡语,人谓装愚;安分随时,自云守拙。落落大方,事事宽厚;心地明白,稳重大度;和平亲密,有见识,博学……"一个女子的性格行为,有那么许多优良美德的评语,也足够代表宝钗的为人了,而偏要说她是"藏奸""城府太深",未免太不公平了吧。

我想,所以要说"宝钗藏奸",无非是说她用心机迎合巴结贾母与王夫人,因而成功父母做主的婚姻。所以某人说:"薛宝钗是功利主义,争取现实的;林黛玉是情感主义,发展性灵的。"其实这些名词,不过是迎合时代创作的新的字句而已。我们姑且不谈这些名词,就以争取而言,黛玉又何尝不在争取,而且是时刻露在脸上,挂在嘴角,很明显尖利含酸直接的面对面争取。宝钗是若即若离,对贾府上下三代以及下人,都那么周到大方,她是从家庭方面间接争取的。两个性格不同的聪敏女子,为了想得到自己所爱的对象,各人争取的手段不同。黛玉因争取不到宝玉，又病死了，看书的人就同情她，可怜她，说她是好人。宝钗争取宝玉，结婚了，就说她是坏人。其实宝钗不过有她懂得人情世故的争取作风，而且是很正当的，目的还不是彼此一样吗？

有一次，我与一个朋友为了宝钗有过一段辩论。她总说："黛玉可怜呀，孤苦零丁，身体又不好，又无人商量，当然人就变得孤独又多心了。那宝钗真坏，假装好人，劝黛玉不要看《西厢》《琵琶》杂书呀，又每天送燕窝给她，连黛玉也把她当作好人了……"我听了就代宝钗辩护。我说："宝钗待每一个人都很好，也很周到的。她看出湘云家中的处境，她替她计划请客，把自己店里的大螃蟹送去。她又为邢岫烟赎当。难道也是假做好人？那么好人真不容易做了。"

我的朋友又说："你看错了，《红楼梦》里的事，和所说的话，你不好作正面看。'假作真时真亦假'，称赞宝钗的，都是反面文章，春秋笔法，她实在是个有深心的坏人。她讨好巴结贾母、王夫人甚至凤姐，无非是要显着自己能干、贤德、大方，把黛玉比下去。她是为城府藏奸的阴私人……"我当时很奇怪，怎么别人对宝钗的看法会与我不同。怎么别人把对宝钗的评语反过去看而我不能够，总是字字句句都作真实的。我重看一遍，仍旧无法理解。我不服气，又与那朋友辩论了。我说："我们看《红楼梦》，为什么一定要把书上的字句作反面看？难道书上形容宝钗的美丽，'唇不点而红，眉不画而翠，脸若银盆，眼如水杏'，也作反面看，认为她是丑若母夜叉吗？"

我的朋友说："那可不是。宝钗与黛玉二个人，一胖一瘦，都是十分美丽的。不过黛玉是正派，不会讨好，想到什么就说什么，宝钗工于心机，她的为人作风，处处在迎合心理，口里说着周到又得体的话语，心里可有目的。所以她不是一个好人。最后果然贾母与王夫人都选中她做媳妇，她的奸计成功了。"我听了真不高兴，也有些奇怪。怎么会同是一本《红楼梦》，人家对宝钗的看法会如此的肯定，看出她是坏人，我怎么看了几遍也看不出她的坏处来呢？于是我在电话中又代宝钗做辩护。我问朋友："假如眼前有二位美丽的小姐寄住你家。甲是黛玉型，瘦弱到经不起一点儿劳动，终年药丸、药片不断，还要常常请医打针，咳嗽就几个月，常要生气流泪，小心眼的使性子。遇事终是多心悲观，自己又觉得清高，看不起其他许多人，出口也很尖利不让人的。乙是宝钗型的，健康美，识大体，懂道理，既能安富，又能安贫，随遇而安，态度镇静。对人既和气又周到而且常识丰富。谈学问，当家过日子，都行——请问你，倘使做父母的人有权利为儿子选择对象的话，是甲型呢？还是乙型？"我的朋友很快地回答："做媳妇倒是宝钗合适。但是黛玉可怜！如果没有宝钗，宝玉那样爱她，他们的婚姻一定成功了，她的病一定会好。宝钗真是她的死对头！"我亦很快地说："黛玉在书中是自小身体不好，后来还吐血，一年年病在加重，明明是没有希望的肺痨，就是同宝玉结了婚，病也不见得会好。因为失去所爱的对象，促成她早死，倒是有的。我们可怜她没父母，无家可归，寄人篱下，处处要当心留意是一件事。我以为贾母与王夫人并没有看错人，做错事。凤姐儿在这件事上更不相干。她是照着贾母王夫人平日眼色言语而行的。她并没有言语或行动上破坏黛玉与宝玉的婚姻。在王夫人说来，黛玉是她外甥女，宝钗是她妹妹的女儿，以亲戚而论，当然宝钗比黛玉接近些。再说，宝钗平日的性格作风，为人言行，又是人人所称赞敬佩的。那要为宝玉选对象，自然属于宝钗，黛玉落选了。贾母也是对的，更没有亏待黛玉。终年请医配药，起居份例同孙女一样，甚至于超过孙女们，同宝玉一样的关怀怜爱这个外孙女。但是她无论如何喜爱黛玉，她不能把自小有女儿痨的外孙女配给孙子做媳妇呀！”

我那朋友想了想又说："算你有道理！但是金锁上刻的字与玉上的字是一对。还有二十七回滴翠亭宝钗听了小红坠儿的私语，她用'金蝉脱壳'的法子，笑着叫道'颦儿！我看你往那里藏？'明明是暗写宝钗的深谋远虑，机变藏奸，谁都看得出的。你又做怎样的解释？"我也想了一想说："我以为金锁上刻字，不能说是宝钗的深谋远虑，可能是她的母亲薛姨妈老早存心想结这门亲安排的所谓'金玉姻缘'，不可能是宝钗自己的意思。二十七回宝钗用的'金蝉脱壳'的法子，我也知道是有心写宝钗的缺点'机变'，但是写得太自然可爱了。我只看出宝钗的有心眼儿，会随机应变。机变不一定是藏奸吧？也许我对宝钗有些偏爱，终觉得三百年前选媳妇，她是理想的宝二奶奶。今日眼前如有这样二位小姐，做父母的如果能做主代儿子决定亲事，仍旧是黛玉落选，宝钗胜利当选的。"

看的红楼梦是什么本子？

我这样代宝钗辩护，我那朋友听了也很奇怪。她问："你怎么会这样帮着宝钗？我不懂了。你看的《红楼梦》是什么本子？你有没有看注解的小字，同后面的总评？"她这一问，我也有些想起来了。我说："在廿多年前在国内看的《红楼梦》，倒是有批注的小字。但那时我没有看，把小字都跳过越过了。因为我连书上的正文那么多人的关系尚且没有弄明白，哪有心思去看小字的批注？现在美国看的是洋装一厚本，所谓古本《红楼梦》，是最普通的本子，没有小字批注的。"

我的朋友听了恍然大悟地说："怪不得你看不出反面，只看到宝钗是好人。你要看了护花主人的批注，你就晓得怎么样看《红楼梦》了。"我连忙问："护花主人是谁呀？你现在手边有没有这带批注的《红楼梦》？"她回说："没有带出来，所记得的是老早在国内看的。护花主人就是王雪香，好像是道光年所批的真本。"

上面是六七年以前的事。我自从听了朋友的话之后，就托人往香港去买王雪香批注的本子。结果香港没有买到。前年在另一个朋友处借到了一部很旧的，光绪十四年印的王雪香批注的《红楼梦》。同时《脂砚斋重评石头记》也早由香港买到了。前者是所谓一百廿回高本，后者是庚辰八十回本。来回一看，我也恍然大悟，又打电话给那朋友。我问："你最近有没有看到过《脂砚斋重评石头记》八十回本的？"她回说："听见有这本子，但没有买到。"我说："我可以借给你，我已经看了两遍了。而且你所谓王雪香批的真本，我也仔细看过。我现在不同你辩薛宝钗究竟是好人或是坏人，等你看了砚脂斋八十回本之后，里面有朱批，有墨笔夹批，究竟哪个本子接近曹雪芹的原著，你一定分得清楚。我现在也要驳你一句：怪不得你的成见那么深，一定说宝钗是坏人，原来你以前印在脑子里，看的是王雪香批注的本子，受的是王雪香批注的影响呀！"

脂庚本和高本的不同

从一九五八年起，朋友们晓得我要看《红楼梦》的文章，有借杂志给我，有从香港、台湾剪报给我。但那许多文章，也不过是仁者见仁，智者见智。有根据《红楼梦新证》同《红楼梦研究》一二书提出一段一节，再参和着自己的意思分化出一篇文章的。有迎合目前时代的，对宝玉、黛玉二个人配合上许多新字句和新名词的。甚至更有人把晴雯捧得很高，说她是勇敢有反抗革命性的。在理论方面，有《红楼梦》的风格呀，《红楼梦》的价值与境界呀，《红楼梦》的心灵发展呀……反正各人有各人的看法。我是一个学识浅薄的俗人，对高深的理论既没法儿了解，也引不起我的兴趣，只得言归正传，把八十回的脂庚本与一百廿回的高本又重温一遍，也许是有心，有成见，我发现六十九回同七十三回的脂庚本，比高本多了不少的字，钞录如下：

脂庚本第七十三回——邢夫人见他这般，因冷笑道："总是你好哥哥好嫂子一对儿吓吓扬扬，琏二哥凤奶奶两口子遮天盖日，百事周到，竟通共这么一个妹子，全不在意。但凡是我身上吊下来的又有一话说，只好凭他们罢了。况且你又不是我养的。虽然也不是同他一娘所生，到的（底字误）是同出一父，也该彼此瞻顾些，也免别人笑话。我想天下的事也难确定。你是大老爷跟前人养的，这里探丫头，也是三老爷跟前人养的，出身一样。如今你娘死了，从前看来你一个的娘，只有你娘比如今赵姨娘强十倍的，你该比探丫头强才是。怎么反不及他一半？谁知竟不然，这可不是异事！倒是我一生无儿无女的一生干净，不能落人的笑话为高。”旁边伺候的媳妇们趁机道：“我们的姑娘老实仁德，哪里像她们三姑娘伶牙俐齿，会要妹妹们的强。他们明知姐姐这样，他竟不顾恤一点儿。”邢夫人道：“连他们哥哥嫂子还是这么看，别人又做什么呢？”一言未了，人回琏二奶奶来了。

高本第七十三回——邢夫人见他这般，因冷笑道：“你是大老爷跟前的人养的。这里探丫头是二老爷跟前的人养的。出身一样。你娘比赵姨娘强十分，你也该比探丫头强才是。怎么你反不及他一半？倒是我无儿无女的一生干净，也不能惹人笑。”忽有人回琏二奶奶来了。

书中关于贾琏，一开始，就交代得含糊不清楚。

脂庚本第三回——那赦公也有三子，长名贾琏。

高本第二回——那赦老爷也有一子，名叫贾琏。

前者是手抄本，所以后者改二子为一子了。但书中称贾琏又是琏二爷，这其间一定有些误会。明明贾赦只有贾琏一个儿子，不应称二爷的。还有，我们如果没有看到上面七十三回那一段文字，我总觉得邢夫人虽然愚笨，贾母不喜欢大房儿媳，但她与贾琏终是母子，哪有对贾琏漠不相关似的，而贾琏也只知趋奉亲近王夫人？——现在看到了七十三回那一段，尤其是脂庚本多了一百多个字，我们很清楚的可以明白了二点：①贾琏不是邢夫人所生；②也不是与迎春同母。除此外，再也找不出其他交代了。既没有说明邢夫人是续弦，也没有说贾琏是另一姨娘所生。其母究为何人，不知道了。

间接送尤二姐命的是平儿！

我并不想，也没有资格做脂庚本与高本的比较。但于无意中看到，觉得好，提出来给大家看看而已。我以前看到六十九回尤二姐吞金自尽，我会这么想，虽然是被凤姐骗进来一手害死，但平儿如果不告诉凤姐她从小丫头口中听到的消息，凤姐也不会知道。那么间接送尤二姐命的，是平儿。——现在脂庚本六十九回多了后面所抄的这么一段，两相比较，觉得这段很有意思。因为平儿心中一定觉得很抱歉，应该对病中的尤二姐有这一段后悔的诉说的。

脂庚本六十九回——平儿过来瞧他，又悄悄劝她："好生养病，不要理那畜生（一定是指秋桐）。"尤二姐拉着哭道："姐姐，我从到了这里，多亏姐姐照应。为我，姐姐也不知受了多少闲气。我若逃得出命来，我必报答姐姐的恩德。只怕我逃不出命来，也只好等来生罢。"平儿也不禁滴泪说道："想来都是我坑了你。我原是一片痴心，从没瞒他的话。既听见你在外头，岂有不告诉他的？谁知生出这些事来？"尤二姐忙道：

“姐姐这话错了。若姐姐便不告诉他，他岂有打听不出来的？不过是姐姐说的在先，况且我也一心要进来，方成个体统。与姐姐何干？”二人哭了一回。——这段一百多字二人对哭诉真情的流露，高本完全没有，于文于理都差些。

尤氏与秦可卿的出身

我看到宁府上那些真史，同贾珍父子的胡闹，觉得尤氏这个女人对丈夫儿子的不闻不问，似乎有些不近人情。所以我会想：可能贾蓉也不是尤氏亲生的儿子吧？但书中关于尤氏的交代，可说没有。最近在六十八回凤姐骂贾蓉“你死了的娘，阴灵也不容你”这句话里，可以证明贾蓉的生母早已死了，他并不是尤氏所生。

照理来推想，像宁府那样的家庭，对于婚姻的对象，应该像荣府一样，不是“门当户对”“诗礼之家”，就是“亲上作亲”，从小见过的。可是尤氏与秦可卿的出身都太不高明了，使我很奇怪，想不出其故何在。书中关于尤氏，找不出明文交代。只有从第六十三回与六十四回中，我们知道尤氏的继母尤老娘是带了两个女儿再嫁到尤家的，而且又是很贫穷，一向是依靠贾珍周济照应的。——我因为发现了尤三姐的一对金莲，就猜想她们是汉人。反正尤氏的娘家并不高明，这份亲事不知如何高攀上的。

第八回中，秦可卿的出身更奇怪了。“他父亲秦业，现任营缮帅。年近七十，夫人早亡。因当年无儿女，便向养生堂抱了一个儿子，一个女儿。谁知儿子又死了，只剩女儿，小名可儿。长大时，生得形容嬝娜，性格风流。因素与贾家有些瓜葛，故结了亲，许与贾蓉为妻。”

作者对于贾珍父子，真是形容得毫不留情。第六十三回：“贾蓉当下也下了马，听见两个姨娘来了，便和贾珍一笑。贾珍忙说了几声妥当。”“贾珍下了马，和贾蓉放声大哭，从大门外便跪爬进来至棺前，稽颡泣血，直哭到天亮，喉咙都哑了方住。”接着便细写贾蓉返家与两个姨娘调情。这段文字，固然是说宁府父子的不堪，但作者在二百年以前，已经是超群脱俗的有他的新思想。他不但厌恶时文八股，很显然的他对于那时的虚伪礼教，死了父母，作子孙的一定要跪爬至棺前，稽首泣血，直哭到喉咙哑，并不是赞成的，才有这段对照的讽刺。还有他对于三姑六婆，如马道婆、智通、圆信等，也是深恶痛绝，不赞成她们进门的。

惜春的孤僻与出家

惜春的曲文是：“勘破三春景不长，缁衣顿改昔年妆。可怜绣户侯门女，独卧青灯古佛旁。”

这样一个年轻的侯门千金，冷酷决绝，青灯古佛旁去修行当尼姑，这不是没有缘故的。第二回惜春的交代：“四小姐乃宁府珍爷之胞妹，名惜春。因史太夫人极爱孙女，都跟在祖母这边一处读书。”

第七十四回惜春对尤氏说：“我如今也大了，连我也不便往你们那边去了。况且近日我每每风闻得有人背地里议论什么多少不堪的闲话，我若再去，连我也编上了。——我只知道保得住我就够了，不管你们。自此以后，你们有事也别牵累我。——我清清白白一个人，为什么教你们带累坏了我？”

第六十三回贾敬的死，简单表过，无非是衬出贾珍父子的不堪，同贾琏在国孝、家孝中偷娶尤二姐。贾敬生前，向不返家问家事。但惜春既是他的女儿，贾敬的死，竟没有一笔一字提到惜春过去守灵，悲痛或哭泣，根本有父同无父一样。贾珍可能也不是惜春同母的兄妹。所以我以为惜春的天性孤僻，冷口冷心，是有原因的。她有父等于无父，有家等于无家。她与黛玉一样的孤苦零丁住在荣府，还时常听闻到人们议论兄嫂、侄儿、侄儿媳妇等的乱伦行为，她有苦说不出，有家归不得。所以内心比黛玉更苦，更寂寞，也更空虚。因为黛玉从进荣府之后，就得到宝玉体贴至情、刻骨割心的爱，培养她的病体。而惜春什么也没有，所以性情变了，喜欢接近尼姑，想皈依空门，寻求寄托。以至于后来家败人亡的时候，决心出家。这也是从前不幸女子不死又没办法所走的一条路。

还有我以为惜春的出家，不见得如高本所写，就在大观园妙玉住过的栊翠庵修行静养，出入自由，有紫鹃服侍做伴的。她多半是在荣宁二府败落分散之后，很贫苦的跟随平日走动的尼姑出了家，像芳官的情形差不多，那才合了那四句曲文。试看第七十七回：“王夫人曾于十五日就留下水月庵的智通，与地藏庵的圆心住两日。今日闻听得此信，又可以拐两个女孩子去做活使唤。”惜春的命运可想而知了。曹雪芹写尼姑收徒弟，用这个“拐”字，可以想象他是多么厌恶三姑六婆呀！

旗人家庭的规矩

我们看《红楼梦》，许多人承欢在贾母屋子里，以及吃饭时媳妇、孙媳妇，都站着，没有坐下同桌吃的规矩，这就完全是旗人家庭的规矩。贾府是那样一个豪门贵族，诗礼之家，这种规矩也更重。虽然到曹雪芹著书时代，早已精穷败落了，我相信他们旗人这种规矩仍保守着的。曹雪芹对于这点，他是老老实实写出来了，这当然是他经历过的事实。

曹雪芹笔下的饮食

别的小说，形容富贵之家的饮食，最普遍的，所谓山珍海味而已。只有《红楼梦》里的吃是奇特的，也只有像曹雪芹这样家世背景的作家笔下，才有那种奇食。举几个例子：

糟鹅掌鸭信；酸笋鸡皮汤。（第八回）

莲叶羹。（第三十五回）

木樨清露；玫瑰清露。（第十四回）

藕粉桂糖糕；松瓤鹅油卷。（第四十一回）

还有与上回同，刘姥姥吃了，而不知是什么东西的茄鲞。烧的方法由凤姐口中说出来："把茄子皮剁了，只要净肉，切成碎丁子。用鸡油炒了，再用鸡脯子肉合香菌、新笋、蔬菇、五香豆腐干、各色干果子，都切成丁儿，拿鸡汤煨干了，将香油一收，外加糟油一拌，盛在磁罐子里封严。要吃的时候，拿出来用炒的鸡瓜一拌就是。"这个菜，不但使刘姥姥摇头吐舌的惊奇，我也觉得特别新奇，一定非常好吃。我曾想试做一下，可是美国的茄子太大了，不但没有茄子香，像棉花絮一样，实在没有味儿。还有做这一个菜，竟要用三种不同的油，这糟油就不容易得到。只好想想算了。

这木樨清露与玫瑰清露，在现代自然是普通饮料，我们中国叫果子露的。美国更是多得不稀奇。可是在二百年前的古老中国，这种露，平常人家是没有的，也不是买得到的。它是装在三寸大小的玻璃瓶内，上面是螺丝银盖，鹅黄笺，是进贡的东西。只有曹家办过四次接驾大典，与皇帝那样接近，才有机会得到那些名贵东西。

我常想：书中的贾宝玉饮到了这名贵的露，曹雪芹本人未必尝过吧。他写《红楼梦》的时候，已经很穷苦，竟到了举家食粥的环境。但从前所谓破落户的人家，不但仍旧有妻妾与丫头，那老家人还是照样有的。虽然到了举家食粥的境地，但家里人还是不少。可能书中的茗烟与李妈妈等，仍在曹家。当曹雪芹写到贾府中奇衣奇食的日常生活，家里一定有随时可问或贡献意见的人在，更可能有同族伯叔长辈以及老年的妇女亲戚，他们从南到北，各人都曾参与过曹家一部分盛况，所以即使曹雪芹不去问他们，在他著书之前，从这些老人长辈的想当年感慨唠叨、说之不已的追述中，他也能够搜集不少自己不曾参与过的材料了。

还有四十九回宝玉与湘云二人在雪地烧鹿肉吃，也是很新奇别致的。现在不稀奇了，就是到郊外去野餐烤肉(Barbecue)吃。在二百年前，一大群美人中，她们两个自己烤起鹿肉来，岂不太新鲜别致了？而且家里那些铁炉、铁叉、铁丝网都齐全的。可见这必是作者实写他童年经过的鹿肉吃法，因为他的祖先是从森林中的关外而来呀。

宝玉与许多女人的服饰

我没有看见过关于讨论研究《红楼梦》里许多女性的打扮服饰的文章，或者有过，我没有机会看见。我看到《红楼梦》里的服饰，真有些迷糊不懂。因为我看不出其中有清朝旗人的服饰。这究竟是二百年前曹府上的女眷打扮与众不同呢，还是曹雪芹有过考虑怕人们看出是当代曹家过去的生活，故弄狡狯，使人迷糊，存心把那些服饰写得又像唐宋，又像元明似的？又把宝玉这个贵公子，从头到脚，细加描写形容，创造的服饰，成另外一型，使人看不出也说不上是什么朝代的打扮。在戏台上我们看到的贾宝玉，是戴束发嵌宝紫金冠，与其他的戴方巾的小生打扮不同，那也是照书上所写的。至于黛玉与宝钗，都与普通古装美人一样的打扮。如没有红学专家们去考证《红楼梦》，我们从画儿上，从戏台上看到，谁又会想到《红楼梦》里的人物是清朝的旗人啊？

下面几段，是书中最仔细的描写的服装。

第三回——宝玉头上戴着束发嵌宝紫金冠，齐眉勒着二龙戏珠金抹额，一件二色金百蝶穿花大红箭袖，束着五彩丝攒花结长穗宫绦，外罩石青起花八团倭缎排穗褂，蹬着青缎粉底小朝靴。同回再来时，已换了冠带。头上周围一转的短发，都结成小辫，共攒至顶中胎发，总结一根大辫，黑亮如漆。从顶至梢，一串四颗大珠，用金八宝坠角。身上穿着银红撒花半旧大袄。仍旧戴着项圈、宝玉、寄名锁、护身符等物。下面半露松绿撒花绫裤腿，锦边弹墨袜，厚底大红鞋。

第三回——凤姐头上绾着金丝八宝攒珠髻，插着朝阳五凤攒珠钗。项上戴着赤金盘螭璎珞圈。裙边系着绿色宫绦双衡皆玫瑰佩。身上穿着缕金百蝶串花大红洋缎窄褙袄，外罩五彩缂丝石青银鼠褂。下着翡翠撒花洋绉裙。

第六回——凤姐家常戴着秋板貂鼠昭君套，围着攒珠勒子，穿着桃红洒花袄，石青缂丝灰鼠披风，大红洋绉皮裙。

第八回——宝钗穿着蜜合色棉袄，玫瑰紫二色金银鼠比肩褂，葱黄绫棉裙。

宝玉头戴着累丝嵌玉紫金冠。额上勒着二龙捧珠金抹额，身上穿着秋香色立蟒白狐腋箭袖。系着五色蝴蝶鸾绦。项上挂着长命锁，记名符，另外有那一块落草时衔下来的宝玉。

黛玉罩着大红羽缎对襟褂子。

第四十五回——黛玉看他脱了蓑衣，里面只穿红绫短袄，系着绿汗巾子。膝上露出绿绸撒花裤子，底下是掐金满绣的绵纱袜子，靸着蝴蝶落花鞋。

第四十九回——黛玉换上掐金挖云红香羊皮小靴，罩了一件大红羽绉面白狐狸皮的鹤氅，系一条青金闪绿双环四合如意绦，上罩了雪帽。——只见众姐妹都在那里，都是一色大红猩猩毡与羽毛缎斗篷，独李纨穿一件哆啰呢对襟褂子。

薛宝钗穿一件莲青斗纹锦上添花洋线番羓丝的鹤氅。

史湘云穿一件貂鼠脑袋面子，大毛黑灰鼠里子，里外发烧大褂子。头上戴着一顶挖云鹅黄片金里大红猩猩毡昭君套，又围着大貂鼠风领。只见他里头穿着一件半新的靠色三镶领袖，秋香色盘金五色绣龙窄衿小袖掩襟银鼠短袄，里面短短的一件水红妆缎狐肷褶子。腰里紧紧束着一条蝴蝶结子长穗五色宫绦，脚下也穿着麀皮小靴。

宝琴披着凫靥裘。

探春穿大红猩猩毡的斗篷，戴着观音兜。

宝玉穿一件茄色哆啰呢狐狸皮袄子，罩一件海龙皮小鹰膀褂，束了腰，披了玉针蓑，戴上金藤笠，登上沙棠屐。

五十一回——袭人头上戴着几枝金钗珠钏，倒也华丽。又看身上穿着桃红百花缂丝银鼠袄，葱绿盘金彩绣绵裙。外面穿着青缎灰鼠褂。凤姐平儿将昨日那件石青缂丝八团天马皮褂子拿出来与了袭人。又看包袱只得一个弹墨花绫水红绸里子夹色包袱。里面一个玉色绸里的哆啰呢包袱……一件是半旧大红猩猩毡的，一件是半旧大红羽缎的。

第六十五回(脂庚本)——这尤三姐松松挽着头发。大红袄子半掩半开，露着葱绿抹胸，一痕雪脯，底下绿裤红鞋，一对金莲，或敲或并，没半刻斯文。二个坠子却似打秋千一般。——(高本没有金莲二字，句子稍有不同。)

第八十九回——但见黛玉身上穿着月白绣花小毛皮袄，加上银鼠坎肩。头上挽着随常云髻，簪上一枝赤金扁簪，别无花朵，腰下系着杨妃色绣花锦裙。

第九十回——凤姐送邢岫烟一件大红洋绉的小袄儿，一件松花色绫子一抖珠儿的小皮袄，一条宝蓝盘锦镶花线裙，一件佛青银鼠褂子。

第九十一回——宝蟾穿了件片金边琵琶襟小紧身，上面系一条松花绿半新汗巾。下面并未穿裙，正露着石榴红洒花夹裤，一双新绣红鞋。

第一百零九回——只见妙玉头戴妙常冠，身上穿一件月白素绸袄儿，外罩一件水田青缎镶边长背心，拴着秋香色的丝条，腰下系一条淡墨画的白绫裙。

我看了这些描写的服装，不但想不出这是古装呢，还是旗装？书中不论小姐、少奶奶与丫头，似乎都穿短袄与裙，没有一个人穿长旗袍的。第四十九回雪地里众美人的打扮更新奇，又像蒙古公主，又像昭君出塞，真看不出是什么朝代了。

大观园中的十二钗，她们在下雪下雨天出来，各人都有像现代大衣似的外衣，名称很多，有对襟褂子、斗篷、鹤氅、大褂子、凫靥裘。皮货的名称，更是种类繁多，粗皮细毛，在家穿，出外穿。作者如不是内行，绝对写不出的。颜色也配得华丽鲜艳而不俗气，又不重色。曹雪芹对于配色是很有研究的。第三十五回莺儿道："大红须是黑络子才好看，或是石青的才压得住颜色。松花色配桃红，葱绿柳黄。"宝钗的意思："打了络子把那个玉络上，把那金线拿来配着黑珠儿线一根一根的拈上。"他是太懂得配色了，绝不是平常才子书生所能够幻想得出写得出的。这还是因为曹雪芹是诗家也是画家的缘故？还是他本人在大观园中接近的女性太多？或是他写书时身边有宝钗或是史湘云、麝月……做着顾问呢？我想是后者的猜测可能性多些。

从这许多服装中到裙为止，描写脚的只有四十九回，黛玉穿的是羊皮靴，湘云穿双鹿皮靴，可以想象绝不会是小脚了。第九十一回宝蟾有双新绣红鞋。那仍旧使我迷糊瞎猜，我常想《红楼梦》里这些女人穿了那些服装，下面究竟是大脚还是小脚呢？看那黛玉虽是体弱多病，风也吹得倒，但她在大观园中进出走路，并不需要丫头扶着的，可见她并不是小脚了。——后来在脂庚本第六十五回发现尤三姐有“一对金莲”，全部《红楼梦》一百八十九个女人（王雪香批本，明斋主人总评大约数过，不会错）只有尤三姐写明是小脚，这究竟是作者有心或无意，我们不明白了。

二百年前的进口洋货

我因为要把书中的奇衣、奇食抄出来，同时又找到些外国东西，也就是二百年前的清朝已有这些洋货进口了。

第三回——王夫人大炕上铺的猩红洋毯。

第四十回——乌银洋钻自斟壶；一个十锦珐琅杯。

第四十五回——洁粉梅片雪花洋糖。

第五十二回——一个金镶双扣金星玻璃的扁盒。一揭开盒盖看，上面有西洋洋珐琅的黄发赤身女子，两肋又有肉翅，盒里盛着些真正上等洋烟。

与上回同——西洋贴头痛的膏子药，叫作依弗哪。

第五十三回——一柄漆干倒垂荷叶，叶上有烛信插着彩烛。这荷叶乃是錾珐琅的活信，可以扭转，如今皆将荷叶扭转向外，将灯影逼住全向外照，看戏分外真切。

第五十八回——便拿过表来。

第七十二回——那个金自鸣钟卖了五百六十两银子。

上面这些外国东西，在二百年前，恐怕也只有曹府才有。这倒垂荷叶彩烛，是为了看戏时竖在席上所用，与今日科学世界舞台上，反光灯一样作用。在十八世纪的曹家，家里有戏子，有戏台，还有这样讲究专为看戏而备的烛光，真是享受尽也享受绝了。

在女人的衣服上，我也发现些外国料作。这哆啰呢，一定是译音，不会是江宁织造的出品。是不是就是我们南方人所说的对纹呢的？我不能确定。对纹呢后来都叫直贡呢，那是很光很细的纹的呢料，用它做冬天当大衣的对襟褂子，很合适。但五十一回中又有哆啰呢的包袱，似乎又不像直贡呢了。但是宝钗的一件莲青斗纹锦上添花样洋线番羓丝的鹤氅，这恐怕也是外国货。斗纹锦与对纹呢都是一种有纹道的料作，不过锦为丝织品，一定是一种很厚的锦缎之类。

黛玉在下雨天穿的大红羽缎对襟褂子，我对这料作名字比较熟悉，也有把握些。羽缎又叫洋羽缎，完全是纱织品，正面又光又亮，像缎子一样。我们小时候，穿的大棉鞋，就用黑洋羽缎滚边。买的时候，可以打斜条，以寸计算来剪的。后来有鸭绒被,也以洋羽缎做面子。美国近年多印花羽缎很时行,叫作 Cotton Satin 的,意思与质料都相符合的。

怀疑后四十回高鹗所作

我把上面的吃、穿、外国东西,抄录出来一看,竟有一个发现。就是:除了八十九回、九十回、九十一回、一百另九回,有些描写衣服之外,其余找出的都是在八十回之内。而且再细看上面四回所写的衣服,比较一下,那是很平常,我们在其他老小说中也可以找到。这样,我也不由得怀疑前八十回与后四十回不是一个人的手笔,也可说后四十回确是高鹗所作。

我这个怀疑,在写这篇东西之前还没有,确是因为二个本子同时翻看,想找些奇衣奇食以及外国东西,抄录出来之后,才想到的。我又想:后四十回称是贾府已经败落没有必要再写盛时的繁华了。可是,我又同自己辩:后四十回中别的衣食或者可以不细加描写,但第九十七回"薛宝钗出阁成大礼",这位重要主角,她做新娘所穿的衣服,实在是应该有一番描写的。要说是贾府那时已穷了,宝钗与宝玉的成婚本是瞒着园子里的人草草简单的,可是九十七回之前也没有描写贾府穷得连门面都维持不住。抄家是在一百另五回钗玉成婚之后的事。而且九十七回贾府送往薛家的过礼物件,仍旧可称相当丰富,如下:

金项圈、金珠首饰共八十件,妆蟒四十匹,各色绸缎一百二十匹,四季的衣服共一百二十件;外面也没有预备年酒,这是折羊酒的银子。

聘礼都写上了，宝钗的新娘服饰实在有交待的必要。我们看九十七回的书中，从宝玉目中看到的新妇宝钗，只有“盛妆艳服，丰肩软体”那么几个字。

所以我也大胆地做个猜想与断定：后四十回是另外一人高鹗所续。他虽然也是才子，但他究竟没有像曹雪芹那样的家世与背景以及见闻。他脑子里没有这些奇衣、奇食同进贡的外国东西，所以他写不出了。

至于说后四十回是“狗尾续貂”，这似乎也主观，太存偏见，批评得过分了。我觉得高鹗也是描写大家庭生活的能手，虽然说他有八十回做依据，但我以为按照别人布局依据续书，比自己写一本还难呢。我很喜欢第八十四回，“探惊风贾环重结怨”，第八十六回“寄闲情淑女解琴书”，第九十回，“失绵衣贫女耐嗷嘈”，第一百回“破好事香菱结深恨”，第一百十回“王凤姐力诎失人心”，都是很精彩的好文字。

俞平伯先生说高鹗“为什么要做这样傻的事情”“这是续书应有的失败”。我说他并不傻。中国人是喜欢接受大团圆的。黛玉死，宝玉出家，宝钗守了空闺，三个主角的结局如此，在一百七八十年前（高本排印时）已经是特出，与其他才子佳人封侯拜相的小说不同了。

如果再不加些沐天恩，延世泽，中举人，复世职，发还家产，复嗣昌盛——人们反而以为太凄惨不近人情，看的人不会那么多，书的销路流传也不会那么广了。

高鹗续书也没有失败。不要说在那几位学者专家做考证之前，人们看《红楼梦》就是看《红楼梦》，《红楼梦》就是一百二十回，既没有人去想作者是谁，也没有人觉得前面楔子与后面的结局矛盾不合，那些漏洞更意会不到了。到目前考证研究《红楼梦》的人虽然越来越多，但是考证是一件事，看小说又是一件事，八十回本没有结局没有完，人们还是要看一百二十回高本的。

（一九六一年一月）

附　注

《读红楼梦杂记》可说是雅南读《红楼梦》的心得。她从小对这部书发生兴趣，所以除读了又读之外，凡是有关《红楼梦》的评论和考证等资料她收集了很多。数年前买到一部（共十二本）“乾隆抄本百廿回《红楼梦》稿”，如获至宝。她在一九六一年写完了这篇杂记后，曾经去信请教胡适之先生，胡先生当然是一位红学专家，承他给雅南很长的一封信，指出各点并说她有些很有趣味的新发现，鼓励发表。现在将胡先生的信原笔原文（见附录）印了出来，也是一个很有价值的纪念。

悦识

附录

胡适之先生的信

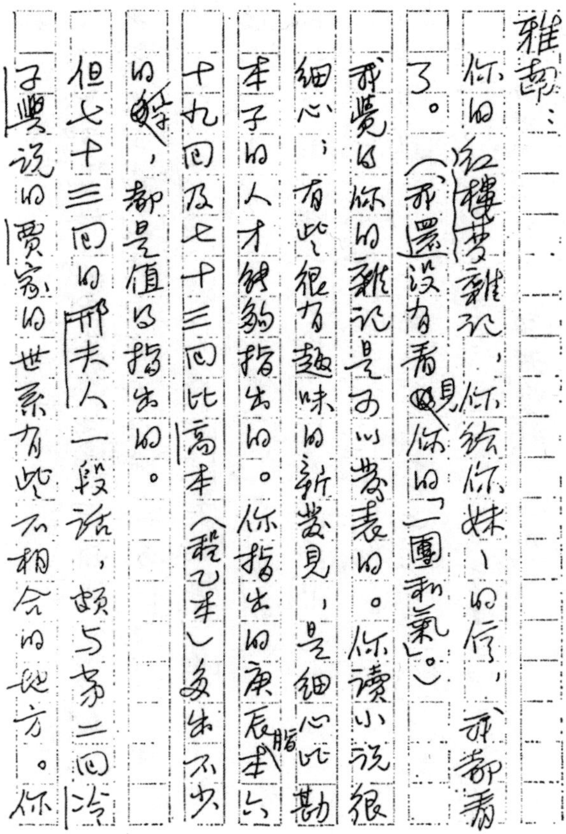
雅琴：

你的《红楼梦杂记》，你给你妹妹的信，我都看了。（我还没有看见你的《一团和气》。）

我觉得你的杂记是可以发表的。你读小说很细心；有些很有趣味的新发见，是细心比勘本子的人才能够指出的。你指出的庚辰脂本六十九回及七十三回比高本（程乙本）多出不少的文字，都是值得指出的。

但七十三回的邢夫人一段话，颇与第二回冷子兴说的贾家的世系有些不相合的地方。你已指出脂庚本「即赦公也有二子，长名贾琏」，我藏的甲戌脂本与庚辰本同。你引的高本「也有一子，名叫贾琏」，似是亚东校改本；程高本实作「也有二子」，次名贾琏。」

第二回说迎春，各本有这样的不同：

甲戌本 二小姐乃赦老爹前妻所出，

庚辰本 〃〃〃政老爹前妻〃〃。

己卯本 〃〃〃赦老爷之女，政老爷养为己女。（据俞平伯校本）

程乙本 〃〃〃〃是赦老爷姨娘所出。

戚本 〃〃〃〃赦老爷之妾所出。

（俞平伯合校本「疑当作『赦老爹前妾所出』。」）

看七十三回邢夫人的話，顯然甲戌本与庚辰本第二回回目于迎春的話都有錯了。這一點頗像我早年指出的第二回冷子興說"第二胎生了一位小姐，生在大年初一，……不想次年又生一位公子，說來更奇"，寶玉比元春止小一歲，与十八回說他們"雖為姊弟，有如母子"，不相符合，——這些地方好像都以表示曹雪芹的小說是陸陸續續，先先後後，不是一氣寫成的；他又常在貧病之中，精神有時不能貫注；後來書未寫成，他就死了，沒有修改調整的機會，致勞後人的多種方式的修正。

你的兩点結論，一，賈璉不是邢夫人所生；二，也不是与迎春同母。

我想都很對的。

你從一個女人的觀點來看紅樓夢，看出了許多東西，往往有我們男人不注意的。

六十五回庚辰本寫尤三姐有一對金蓮，或敲或並，沒半刻斯文，你指出全部紅樓夢的女人，止有尤三姐寫的是小腳。這一點好像沒有人指出過。俞平伯的紅樓夢八十回校本是用四種本子合校的，有六十五回的抄本凡有四種：庚辰本，己卯本，戚本，山西新出來的甲辰本，都有這九十三個字（戚本作或翹翹）。

我寫信請一位滿洲讀紅樓夢的貴族女人看這一段，問她這裏寫的還是說兩隻腳，還是說一對小腳？她說你從一個女人的觀點來看紅樓夢，看出了許多東西，往往有我們男人不注意的。

六十五回庚辰本寫尤三姐有「一對金蓮，或敲或並，沒半刻斯文」，你指出全部紅樓夢的女人，止有尤三姐寫的是小腳。這一點好像沒有人指出過。俞平伯的「紅樓夢八十回校本」是用四種本子合校的，有六十五回的抄本全凡有四種：庚辰本，己卯本，戚本，山西出來的甲辰本，都有這九十三個字（戚本作「或翹」）。

我要請一位滿洲貴族女人看了這一段，問他「這裏寫的還是說兩隻腳，還是說一對小腳？」他說「

造處有久任杭州織造（十九年之久）的孫文成，也是他們的親戚，這三個織造是和外國貿易有很大關係的，故「洋船貨物都是我們家的」，並不是過分的吹。

*

你說，那些「吃、穿、外國東西」……都是在八十回之內。八十回以後，偶有描寫衣服的，「都是很平常」，甚至于九十七回寫新婦寶釵也只有「盛妝艷服，豐容盛鬋」那麼幾個字。你因此「不由得不懷疑前八十回與後四十回是一個人的手筆」。（你原文作「二個人」，上文說懷疑，似應說「一個人」吧？）這也是一個很有趣味的意見。

古話說，「三世仕宦，方懂得穿衣吃飯。」你的觀察是很有理的。

關于你喜歡寶釵，而不大喜歡黛玉，我也不贊同你的看法。曹雪芹寫寶釵，下筆很委婉，似乎沒有多用貶詞，但有兩三處是有意寫寶釵的深謀遠慮的。如金鎖上刻詞，與玉上刻詞是「一對」，是一例。如二十七回滴翠亭上聽了小紅墜兒的私語，寶釵用的「金蟬脫殼」的法子，笑着叫道，「顰兒，我看你往那裏藏！」是一个更明顯的例。你說是嗎？

米

我今年把我藏了三十多年的甲戌本脂砚斋评本石头记影印出来了，预约卖了一千五百部。我自己留下了一百部，快送完了。今托蓝娟带一部给你看看。

祝你们都好。

适

一九六一，十，十四夜